TO

海の見える花屋フルールの事件記
～秋山瑠璃は恋をしない～

清水晴木

TO文庫

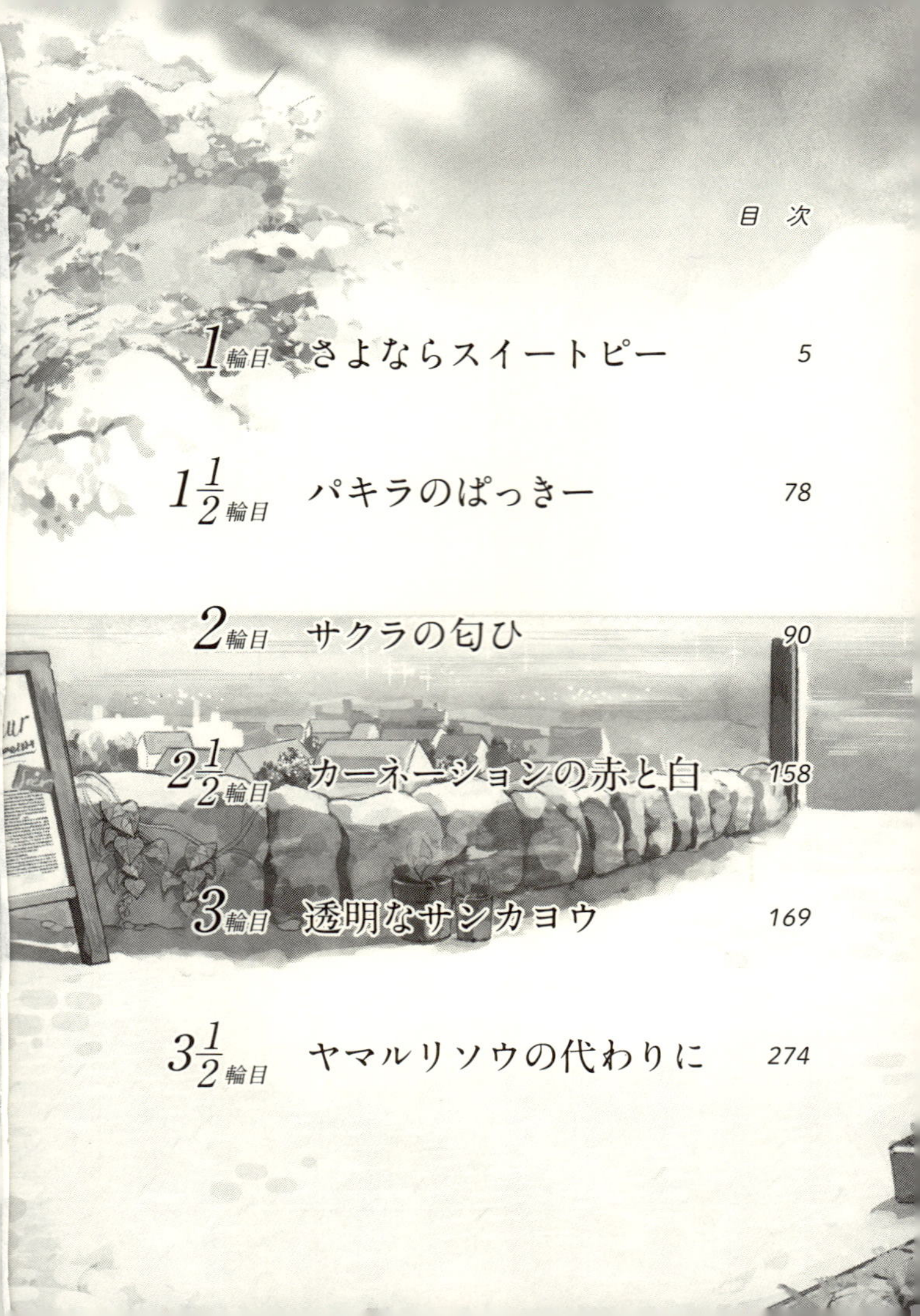

目次

登場人物紹介
Characters introduction

秋山　瑠璃
Akiyama Ruri

花屋フルールの看板店員。天然ドジだが海より深い花の知識を持つ。

浦田　公英
Urata Kimihide

前向きにネガティブする大学生。バイトとしてフルールで働き始める。

1輪目　さよならスイートピー

三月も中旬になって、日中は二十度を超すような日が、天気予報の画面にも顔を出すようになった。時折春の偏西風《へんせいふう》が吹いていて、その中に潮の匂いが混じっているのを感じる。この辺りは海に近いから、きっとその風に運ばれて来たのだろう。

駅前のバスロータリーは人で賑わっている。隣を歩く淡いブルーのネクタイをしたサラリーマンがあくびをしていた。その姿を見て、僕も思わずあくびをしてしまう。なんて移りやすいんだろう。こんなにぼんやりとした心地になってしまうのも、どうやらこの春の陽気の仕業らしかった。

今は春休みだが、僕はさっきまで大学に出向いていた。なぜならゼミの友人が、構内へ置き忘れた眼鏡ケースを取りに行くという、非常に重大な任務を任されたからだ。別に僕はそのサークルに所属してはいない。ただ単に家が近かったから言われただけだ。それに「バイトもしていないし、彼女もいないし、休みの予定もあまりないだろう」という論理的かつ、言い返す隙のない意見も言われた。たぶんこっちが本当の理由のはずだ。

けれど結局構内で、友人の眼鏡ケースを見つける事はできなかった。教務課にも尋ねた所そんな忘れ物もなかったらしく、どうすればいいのかと手をこまねいていたが、先ほどその友人から「バッグの奥の方にしまったの忘れてたわ、セーフ」と連絡があった。どう考えてもアウトだと思う。

骨折り損のくたびれ儲け、としか言いようのない出来事だが、僕にとってこれくらいは日常茶飯事だった。

ランチで友人達とレストランへ行った時には、自分の注文だけ来なくて最後まで待った挙句に、オーダー自体通っていない事が判明し、昼飯抜きで午後の授業に臨む事もあった。一限に必修科目がある日には、目覚まし時計が突然壊れ、慌てて大雨の中をびしょ濡れになりながら、走って学校へ向かったにもかかわらず、その授業が突然の休講だった事もあった。自動ドアがなぜか開かない事もよくある。存在を否定されているような気がするからやめてほしい。

ここ最近に起こったことだけでも、数えきれない。それでも大事なのは発想の転換だ。こんな風に悪い事が起きた時は、もっと悪い状況を想像して、それが起きなくて良かったのだ、と考えて自分自身を納得させるようにしている。

例えば今日の出来事だって天気がどしゃ降りの雨じゃなくて、こんな穏やかな陽気だったからまだ救いがある。そう思えばまだ気分は幾分かマシになった。常に物事をネガティブに捉えたくなることが続くからこそ、生み出した苦肉の策だ。つまり自分としては、前向きにネガティブしているつもりなのだ。

大学を出て十分程歩き、駅の辺りまでやって来た。いつもならここ海浜幕張《かいひんまくはり》からバスに乗って、幕張本郷《ほんごう》にある自宅へと寄り道をせずに帰るのだが、ふと今日はそのまま散歩をする事に決めた。このまま一日が、ただの友人の頼み事の空振りで終わるなんて切なすぎるし、春の陽気に誘われるまま出かけて、陰鬱《いんうつ》とした気分を晴らしたかったのだ。

駅の辺りを抜けると道路を一本挟んで、幕張海浜公園があった。確かこの公園には幼い頃に来たような記憶がある。嬌声をあげながら走り回る目の前の子供達のように、僕もこの芝生の上を駆け回ったはずだが、何分昔の事なので事細かには思い出せなかった。公園を抜けるとまた街並みは姿を変えた。道路に面して凝った外装のマンションが建ち並び、地面には石畳が敷かれ、ヨーロッパを思わせるような通りが広がっている。

ここを総称して幕張ベイタウンと言うらしい。様々な商店や、病院、学校などの教育施設も拡充されていて、未だに開発が続いている。電線も地下ケーブルでまとめられており、電柱が無いのもすっきりとした景観に一役買っていた。

最初はこの小洒落た道を闊歩《かっぽ》しているだけで、少しは気分が晴れた気もしたが、またすぐに曇る事になった。歩き出して数十分が経つ頃には、普段ほとんど来ない場所の為か、道に迷ってしまったからだ。

気分転換にやって来たはずなのに、一体何をしているのだろうか。道はスマホで調べればすぐに分かるけれど、なんだか情けなかった。まぁ、迷う前に交通事故に巻き込まれたりしていないだけマシ、と無理矢理もっと悪い状況を考えて、今の自分を納得させた。

途方に暮れながらも、幾つかの十字路を左折したり右折したりしていると住宅街を抜け、商店街が見えてきた。どうやら元の場所に戻れたようだ。

今日は本当に無駄が多い日だ、と肩を落として沈みかけた時、足が止まった。

一軒の花屋に目を奪われた。

商店街から一本奥まった通りに位置していて、建物自体はさほど大きくもないが、温かみのあるレンガ調《ちょう》の外壁が特徴的だった。それに、その店から海までの道は真っ直ぐに開けていて、障害物となる建物も存在しなかった。目を凝《こ》らして見ると、空との境界線は曖昧模糊《あいまいもこ》としていたが、背伸びをすれば海をかすかに望む事もできそうだ。

店頭にはいくつかの観葉植物と色鮮やかな花が並べられている。その場所だけが、どこか周りとは違った不思議な空気に包まれているのを感じて、僕は目を奪われていた。

そして、その花屋に心惹かれたのは、何もそれだけが理由ではなかった。

肩の辺りまで伸びたやや長めのボブヘアーが、太陽の光にさらされてブラウンがかっている。少し離れた場所から見ても目がぱっちりとしていて、小鼻がつんと立っていた。

小柄だが凛とした佇《たたず》まいの女性が花に水をやっていた。

——綺麗だ。

花を見てもそんな事は思わなかった癖に、その女性を見てすぐにそう思うなんて、我ながら浅はかな奴だと思った。

そのまま通り過ぎようとしたが、店頭の木造りの棚に並べられた花の中に、タンポポを見つけて再び足が止まった。

装飾の凝った鉢に入れられているが、値札は付けられていない。どうやら単なるディスプレイとして置かれているようだ。そこら辺に生えている雑草なのだから、それも当たり前だろう。にもかかわらず、そのタンポポが丁寧に飾られていたので思わず目を奪われてしまったのだ。

でも、理由はそれだけではなかった。そこにあったのがもし、他の道端にある雑草の花だったら、そんなにも注目はしなかっただろう。僕にはタンポポにまつわる、ある因縁があったのだ。

店員の女性は僕に気づかないまま、上機嫌な様子で隣の花にも水をあげていた。鼻唄まで聴こえてきそうな距離だ。

あまりにじろじろと見るのは悪いだろうと視線をそらすと、店の窓にある張り紙が目についた。『アルバイト募集中・要運転免許』と太文字で書かれ、下には条件等の詳細がある。

花屋のアルバイトか、僕には無縁な仕事だ。花の名前もよく知らないどころか、ましてや似合う訳でもない。花屋で働くような男は、きっと爽やかさを売りにしたイケメンで、来店した女性客に「どんな花よりもあなたは美しいですよ」とか歯の浮くようなセリフを言っても似合う人なんだろうな、などとくだらない事を考えていると、突然足下にひやっとした冷たさを感じた。

「えっ」

反射的に視線を下げると、ズボンのふくらはぎの辺りがびしょびしょに濡れていた。

一体、何が起きたのか。

水差しを持つ店員さんの手が、あわあわと宙をさまよっていた。さっきまでの優雅な表情も、試験当日に寝坊した女子高生のように変わっている。

「ご、ごめんなさい！」

どうやら彼女は僕がいる事に気づいていなかったのだ。それで向きを変えた時に、水差しを持った手がぶつかりそうになって、水を零《こぼ》してしまったようだった。

「わわっ！」

その慌てようから二次災害も発生した。足元に置いてあったバケツを、彼女が蹴ってしまったのだ。中の水が僕の濡れていなかったもう片方の靴に浴びせられる。

残っていた水が少なかったのは不幸中の幸いだろう、大量の水をかぶってしまうよりはよっぽどマシ。まだなんとか自分を納得させられるレベルだ。でもまだ事態が収束した訳ではない。

「い、今すぐ拭くものを！」

「あっ、いや、でも！　両方濡れたからバランス的には大丈夫なんで！」

と、我ながら訳の分からないフォローを言ってしまうほどにテンパっていた。

「ほ、本当にすみません、お花に夢中になっていて……」

そう言って店員さんは、近くにあったふきんを手に取りしゃがみ込む。

「じ、自分でやりますんで！」

彼女に拭いてもらうのが気恥ずかしく、半ば強引にふきんを奪って、自分でズボンを拭き始める。すると濡れたベージュのズボンが焦げ茶色に薄汚れた。

「えっ」

慌ててふきんを見ると、随分《ずいぶん》と汚れていた。土がこびりついていたのだ。

「こ、これは……」

「あっ、その……さっきパキラの鉢を倒してしまって土が零れたので、それをそのふきんで拭いていて、それで……」

店員さんは、それから言い訳っぽくごにょごにょ喋っていたのを途中で止めて、申し訳なさそうに頭を下げた。

「ご、ごめんなさい！」

まだ会って数分もしないうちに三度も謝られてしまった。それにズボンは両足ともびしょ濡れになった上に薄汚れてしまった。

でも大丈夫。例えば水がもっと大量にかかって上半身まで濡れてしまった挙句《あげく》に、ふきんを踏んですっ転んで頭を打って、入院したりするよりは全然マシだ。

前向きにネガティブする。いつものように、そうやって自分を納得させるのだ。

果たしてこの先どうなるのか、正直嫌な予感しかしない。僕は何か危険な事が身に降りかかりそうになる前に古傷《ふるきず》が疼《うず》くみたいに、危機回避本能がピピピ、と反応する事がある。今も勿論反応している。

というかピピピ、どころじゃなくてビービーと鳴っている。

◆

「あの、本当にすみませんでした！」

綺麗なふきんをもらって、ズボンを拭き終えると四度目の謝罪をもらった。そこまで素直に言われると、どうもこっちまで申し訳なくなってくる。

「いや、もう全然大丈夫なんで」

もうこのまま帰ります、とは断ったが、濡れたまま帰す訳にはいかないと、店の中に招かれた。店内は、通りから見えていなかった花も数多く置かれていて、そこら中から甘さと高貴さの入り混じったような香りが漂っている。こんな匂いのする場所だったのかと初めて知った。

頭を下げていた店員さんがようやく顔を上げる。改めてようやくちゃんと顔を見た気がした。ぱっちりとした瞳は目尻が少しだけ下がっていて、柔和《にゅうわ》さを醸《かも》し出している。

「あの、お詫びと言ってはなんですが……」

店員さんは申し訳なさそうに言葉を続けた。

「お好きなお花を一つ持っていってください、当店からのプレゼントです」

「えっ、花を？」

「ええ、お好きなのを選んでください」

正直弱った。花と言われてもどれが良いのか分からない。プレゼントされた事もなければ、贈る相手もいないのだから。

「えーっと、そうですねえ……」

棚に並べられた商品を見比べてみる。店頭には鉢に入ったものが多かったが、店内には切り花も充実していた。色とりどりの花が並んでいるが、文字通り色々な種類がありすぎて何を選べばいいのか分からない。

「……あの、お勧めとかあったりします？」

「そうですね、もし良かったらお名前を教えてもらえませんか？」

「名前、ですか？」

「名前などのイメージからお勧めを選ぶんです、後は好きなものや、ご職業とか」

「なるほど、そうですか。名前は……」

そう言葉に出してから言い淀む。自分の名前がそこまで好きじゃないからだ。

「……浦田公英《うらたきみひで》です」

「……ちなみに漢字はどう書かれるのですか？」

一瞬の間があった。何か感づいたのか、もしかしたら勘は鋭い方なのかもしれない。

「霞ヶ浦《かすみがうら》の浦に、田んぼの田、公園の公に、英語の英です」

「……」

店員さんの動きがピタリと止まったかと思うと、今度は両手をギュッと握りしめて、ぷるぷると震え出し俯いた。

「だ、大丈夫ですか」

心配になって顔を覗き込もうとすると、頭をがばっと上げて、僕の手をがっちりと掴んだ。それからまっすぐに見つめてくる。とても顔が近い。彼女の瞳は透き通ったビー玉が、光を受けて瞬《またた》くように輝いていた。今にも、鼻と鼻が触れてしまいそうなほどの距離に彼女はいる。

ピンチ。いや、チャンスなのか？

「ちょ、ちょっと！」

へたれの僕がこんなチャンスを生かせる訳もなく、慌てて離れようとするが店員さんは離してくれなかった。

「なんて素敵なお名前なんですか！　タンポポさんですね！」

店員さんは、生まれたてのパンダの赤ちゃんを見つめるかのように、目をきらきらとさせている。

「あ、あの、近いです！」

さっきよりも大きな声で言うと、正気を取り戻したのか、手をパッと離して距離を置いた。

「ご、ごめんなさい！　つい興奮しちゃって、あまりにも素敵な名前でしたから……」

五回目の謝罪を頂いた。もうこれ以上数えるのはやめにしよう。

「でも、あんまり気に入ってないんですけどね、この名前……」

そう、ずっと自分の名前が嫌いだった。「蒲公英《たんぽぽ》」の漢字で名前が構成されているのだ。小学生の頃までは、このフルネームを見ても気づく同級生はいなかったが、中学生になった頃には気づく者が現れて、僕が日直で黒板消しのチョークの粉をはたいていると、「タンポポ野郎が綿毛を飛ばしている」なんて馬鹿にされたりもした。そして、似たようないじりは卒業まで続いた。

　そんな訳で僕はタンポポという、どこにでも咲いている花を人よりも気にかけるようになっていた。むしろ因縁めいたものを感じてもいた。思わず店先で足を止めてしまったのは、こういった理由だった。

「ええっ、そんなのもったいないですよ、本当に素敵なお名前です！」

「そう言ってもらえるとありがたいですけど……、そういえば店員さんの名前は？」

「あっ、まだ名乗っていませんでしたね、秋山瑠璃《あきやまるり》です。季節の秋に、自然の山、鉱石の瑠璃《るり》です」

「秋の山に、鉱石の瑠璃……」

　わざわざ漢字の説明をする為に読みの当てはまるものを選ぶのではなく、イメージに合わせて説明するのは素敵だな、とまずはそんな事を思ってしまう。

「はい、気軽に名前で呼んでくださいね」

　そう言って秋山さんは、はにかむように笑った。最初に会った時の凛とした姿も素敵だったが、白い歯を覗かせる笑顔は、また違った可愛さがあった。キュート、なんて言葉がよく似合う。

「は、はい……」

と、僕も返事はしたが、この先名前で呼ぶような機会は来るのだろうか。店員とお客さんの関係なのだからこれっきりで終わる可能性の方が高い。そもそも、会ってすぐの女性を名前で呼ぶなんて、僕にはハードルが高すぎる。

「そういえばお幾つなんですか？　学生さんですか？」

「二十歳です、一浪しているので今、大学二年生ですが」

「そうなんですか、いいですねえ、大学生」

既に秋山さんは大学を終えて社会人という事なのだろうか、それとも大学には行かずにすぐに就職したからこその発言なのだろうか。秋山さんは、僕と同じ年齢くらいに見えた。

今、年齢を聞かれたのだから、逆に聞き返してもそんなに失礼には当たらないはずだ。むしろここで逆に聞き返さなければいけないのではないだろうか。でも、小心者である僕の心臓の鼓動は、とくとくと早くなってしまう。それでも思い切って尋ねてみた。

「……あの、秋山さんはお幾つなんですか？」

「百五十四センチですよ」

的外れの返答が返ってきてしまった。

「えっ、いや、あの身長じゃなくて」

「体重は言いませんよ！　トップシークレットです！」

「いや体重でもなくて、年齢です！」

「……」

秋山さんは突如、押し黙ってしまった。ひょっとして失礼極まりない質問だったのかもしれない。さっきまでのキュートな笑顔は消え、まるで警察に職務質問されている非行少女みたいに、口を尖らせて秋山さんが答えた。

「……二十七歳です」

「二十七歳！　全然見えませんね！」

正直に出てきた感想だった。顔も童顔で、大学のゼミの教室にいても違和感はないし、二十七歳にはとてもではないが見えない。だって僕より七つも上という事になる。

「そんな事ないです、四捨五入すれば三十路ですから、それに二をかければ五十四ですから」

「なんで二をかける必要があるんですか、数学の問題でもないのに、四捨五入もかけ算もしなくていいですよ、全然若く見えますから！」

「お世辞《せじ》なら別にいいですよ、ふんっ」

すっかり拗ねてしまったみたいだ。初対面のお客を相手にそんな態度を見せる店員というのもどうなのか。でも機嫌を直してもらうしかないので、二十七歳にまつわる素敵なエピソードを捻り出そうと、頭をこねくり回す。

「いや、ほら……」

「なんですか」

「えっと、その……二十七歳って一番素敵な年齢じゃないですか、ほら昔のドラマでも女性が一番輝いている歳ってありましたよ、まさに秋山さんは大和撫子《やまとなでしこ》ですよ、大和撫子！　そういえば大和撫子って花の名前ですよね？」

偶然浮かび上がった話に花が結びつくと、秋山さんは表情をパッと明るくした。

「そうですよ、大和撫子は素敵な花なんですよ！」

今が機嫌を取り戻してもらうチャンスだと、質問を重ねる。

「どんな花なんですか？」

「平安時代に中国から渡来した唐撫子《からなでしこ》に対して在来種《ざいらいしゅ》を大和撫子と呼ぶんです。河原撫子《かわらなでしこ》の異名《いみょう》でもありますね。撫でたくなるほど可愛らしい子供のようだ、という事から撫子と名付けられました。昔は花期《かき》が夏から秋に渡る事にちなんで、常夏《とこなつ》とも呼ばれていたんですよ」

聞くやいなや、秋山さんはすらすらと説明を始めた。さっきまでの、天然ポカを繰り返していた人と同一人物とは思えない。いつの間にかすり替わったのだろうか。

「それにしても浦川さんが、撫子の花をご存知とは思っていませんでした」

いや、やっぱり天然ポカを繰り返していた人物みたいだ。

「あの、浦田です」

「あっ、ご、ごめんなさい。タンポポの印象が強すぎてうろ覚えしていました」

「いえ、別にいいんです……」

とは言いながらも少しショックではあった。名前を覚えられていないと、認識そのものがされてない気がするからだ。そう、自動ドアがなぜか開かなかった時とどこか似た寂しさを感じる。

大体そこまで花の事細かな情報を記憶しているほどの人が、なんで人の名前ぐらいを覚えられないのか。でも仕方ないのかもしれない。秋山さんは花への興味は尋常ではないようだ。

「あっ、そういえばお詫びのプレゼント」

度重なる粗相《そそう》に、当初の目的を思い出したようだ。僕もすっかり忘れていた。

「そういえばそうでした」

「どうせでしたら、お名前の通りに、店頭のタンポポの花はいかがでしょうか？」

「タンポポですか……」

「ええ、元々商品ではないのですが、鉢はそれなりに良いものですよ。もらって頂けると嬉しいです」

乗り気はしないが、商品ではないものの方が、遠慮せずに受け取れる気もする。秋山さんは言うや否や、その場から歩き出して店頭のタンポポの鉢を取りに行ってしまった。

それからすぐに戻ってきて僕の目の前に鉢を差し出す。

「はい、どうぞ」

「あ、ありがとうございます」

鉢の重みがずっしりと伝わってくる。こんなにしっかりとした鉢に入ったタンポポを手に持つのは初めてじゃないだろうか。

「これで、よしっ……と」

秋山さんは、一仕事をやり終えて満足したような表情を浮かべていた。

これで用事は済んでしまった。他に会話も見当たらず、しばしの沈黙が辺りを包む。

どこか名残《なごり》惜しいような心地もするけれど、これ以上会話を広げられるようなテクニックもなければ、連絡先を聞く度胸もない。そろそろ店を出る頃合いなのだろう。

「あの、それじゃあ……」

別れを告げて店を出ようと、足を通りの方へと運ぼうとした時、ドゥルン、ドゥルンと通りに低いエンジン音を響かせる車がやって来て停まった。そして車の中から大柄な男が出てきて、店の中へと向かって来た。年齢は四十代くらいだろうか、あんまり道では目を合わせたくないような厳《いか》つい風貌《ふうぼう》で、正直言うと、そっちの筋の人にしか見えなかった。

ビービービー。危機回避本能の信号が胸の内で鳴り響く。

「いらっしゃいませ、フルールへようこそ」

秋山さんはパッと気持ちを切り替え、満面の笑みを湛《たた》えて店内へと相手を迎え入れた。

僕はその客とすれ違いざま店を出ようか、とも考えた。しかし、この男と秋山さんを二人っきりにするのも心配になってきて、この場を去るわけにもいかなくなってしまった。

男は秋山さんの笑顔に対しても全く反応せず、スイートピーと札のつけられた花の前に迷いなしに向かった。車を運転してきたというのに、手元のビニール袋には酒が何本か入っているのが見える。今は飲酒していないみたいだがそれでも不安だ。何か嫌な事が起こりそうな気がする、と何も起きていない時からそわそわし始めていた。ネガティブ人間はいつだって不安の塊だ。

「スイートピーをご希望ですか？」

秋山さんが声をかけると、憮然とした表情のまま男は答えた。

「それを六本」

「現在サービス中ですので、もう一輪お付けできますが？」

「いらない、六本でいい」

ぶっきらぼうな言い方だった。秋山さんは笑顔のまま小綺麗な四角い桶《おけ》から六輪、白やピンク、黄色などのスイートピーを取り出す。

「おい、実のついたものは外せよ」

「はい、かしこまりました」

注文に応えて秋山さんは実がついていた一本のスイートピーを桶の中に戻して、また別の一本を取った。

一体、この強面の男がスイートピーの花を何に使うのかと想像を廻らせた。これほどまでに花が似合わない人物も珍しい、仕事か何かで使うのだろうか、まさか実は殺しを生業としていて、仕事が済んだ後の現場にスイートピーの花を一輪置くのが習慣になっている、という訳でもあるまい。でもそんな想像をしてしまうくらいに、この男の風貌から他の用途が見当たらなかった。

「こちらは贈り物でしょうか、それともご自宅に？」

「適当に切って包んでくれればいい」

「はい、只今」

秋山さんはスイートピーの下の方の葉を取り除き、花の高さを揃えてハサミで切る。それを輪ゴムでとめて、さっと水につけた後、英字新聞にくるんで相手に手渡す。その一連の所作《しょさ》は慣れたもので、紛れもない熟練の花屋店員の動きに違いなかった。

「八百四十円です」

男は返事もせずに代金を支払い、スイートピーをビニール袋に差し込んで、さっさと店の入口へと歩き出した。場にそぐわない客の来店にひやひやしたが、どうやら滞りなく無事に済みそうだった。

しかし、落ち着きを取り戻した頃に事件は起きた。そう、ホラー映画みたいに、来るぞ来るぞ、という時には何も起きなくて、ほっと一息ついた時にお化けが飛び出してくるみたいなものだ。安心しきった時にそれはやって来た。

入口の前まで歩いていた男は急に体勢を崩した。足下には青いバケツが転がっている。あれは僕が店に来た時に、中の水をかけられたものに違いなかった。

あっ、という顔で目を真ん丸にして、口を開けた秋山さんの顔が視界の端にあった。どうやらすっかりしまい忘れていたようだ。男は車に注意がいっていた為にバケツの存在に気づかずに、つまずいて転んでしまったのである。

ガランガッシャンという、コントで壁が崩れ落ちるような音がして、男は床に倒れた。先ほど零した水は既に秋山さんが拭いていたから、びしょ濡れにはならなかった。そのおかげで、被害は少しお尻の辺りが湿る程度で済んだようだが、そういう問題ではないだろう。僕のように、前向きにネガティブする、なんて信条を持った人種にはとてもではないが見えない。

「お、お客様！」

秋山さんが血相を変えて駆け出した。また何か嫌な予感がした。焦ってさっきも二次災害を引き起こしたからだ。

不運な事にその予感は見事に的中してしまった。走り出した秋山さんは湿った地面に足を滑らせて、つんのめる形になって体勢を崩し、丁度プロレスラーのボディプレスみたいになって、男の体の上に倒れたのだった。

「なっ……」

正直このまま走ってこの店から逃げ出してしまおうか、とも思ったが、見過ごせる訳もなく僕も急いで駆け寄った。

「も、申し訳ございません……」

秋山さんは、ぎゅうっと掴まれたプレーリードッグみたいに顔を歪めて相手に謝った。

「こんな所に置きっぱなしにするんじゃねえ！」

男が苛立ちを隠さずに怒鳴り声をあげる。男は体を起こし、持ち物が無事かを確かめると、バケツを拾い上げて秋山さんの前に立った。

「す、すみません！」

秋山さんがもう一度深く頭を下げる。

もしかしたら、このままバケツでぶん殴られたりするのかもしれない。不安はどんどん渦巻いて大きくなった。いざという時には彼女を守らなければ、でもこの僕があんなに大きい男を相手にできるだろうか。いや、それでもやらなければ……。

らなかった。
矮小《わいしょう》な正義感と、巨大な臆病心とが、胸の内でせめぎ合っていたが、その心配はい
男はその後、秋山さんにバケツを手渡しただけで、落ち着いたみたいだった。
「……そういや忘れちまったな」
突然、独り言のように男が小さく呟いた。目線はバケツに向けられているようで、ど
こか複雑な面持ちにも見えた。その表情が何を意味するのか、僕には分からない。その
男が初めて見せた表情だった。
「これからお帰りですか？」
秋山さんも少し不思議に感じたのだろうか、首を傾げて尋ねる。
「いや、少し出るだけだ」
男は多くを語らなかった。二人のやりとりを少し離れたところから見ていると、足下
にライターが落ちているのに気づいた。それも火力の強いターボライターだ。倒れた時
にビニール袋から零れたようだった。
気づいているのは僕だけだ。けど、それを手渡す為に接点を持つのも少し怖い。持ち
物に触れただけで、大金をふっかけられたりとかしないだろうか。でも気づかない振り
をしたと知られればもっと怖い事になりそうでもある。
「あの、これ……」

僕は意を決して、ターボライターを拾い上げて差し出した。

「なんだ落としてたか」

男は礼も言わずに受け取ると、スイートピーを差し込んだビニール袋へと放り込み、そのまま店を出て行った。そしてやって来た時と同じように、低いエンジン音をドゥルン、ドゥルンと響かせて車で走り去って行った。

「はあ、またやっちゃいました……」

秋山さんはすっかり落ち込んでいた。その「また」が、今日二度目、という意味か、それとももう今までに何回も引き起こしたミスの「また」を意味しているのか。たぶん、後者だと思う。

「いや、でも無事でよかったですね……」

心の底からの感想だった。殴られていてもおかしくない状況だった気もする。

「全ては私のミスが原因です……」

秋山さんの声が、デクレッシェンドの記号が配置されているみたいに、徐々に小さくなっていく。それから体まで小さくして、湿った床をふきんで拭き始めた。

「……あれっ」

秋山さんが、ワントーン高い声をあげた。それにまたぽかんと口が開いている。

「どうかしたんですか？」

秋山さんが、花が入った桶に隠れるように落ちていたハンカチを拾い上げる。

「これ落としましたか？」

「いや、僕のものじゃないですね」

丁度、さっきの男が転んだ位置にあった。

「私がさっき店内の掃除をした時には、ここに何も落ちていませんでした。このハンカチは今のお客様の落し物みたいですね」

「そうみたい、ですかね」

秋山さんが手に持ったハンカチを広げる。するとそこには、赤黒い染みがついていた。

「そ、それ……」

その染みの正体は、血に間違いなかった。

「あ、秋山さん、血が……」

「……本当ですね」

取り立てて驚く様子もなく秋山さんが答えた。秋山さんの視線はその染みではなく別の部分に向けられていたからだ。薄水色のハンカチの隅には小さな花の刺繍《ししゅう》が入っていた。

「そ、それ、花の刺繍ですよね？」

「ええ」

「何の花か、秋山さんなら分かりますか？」

僕は尋ねながらも、どこかで見覚えのある花だと思っていた。

「スイートピー、ですね」

そうだ、それだ。

「スイートピー……」

先ほど男が購入していった花の名だった。このハンカチは男のもので間違いないようだ。見た目の風貌とハンカチに残された血からしても、事件の香りは強まる一方である。しかし、二つのスイートピーの重なりが何を意味するのか、この時の僕には想像もつかなかった。

◆

「スイートピーはイタリアのシチリア島が原産で、昔はただの雑草でしたが、一六九九年にクパーニという司教が、島からイギリスに送った事でその歴史が始まったと言われています」

僕がスイートピーについて尋ねると、秋山さんはすらすらと説明を始めた。撫子の時も思ったのだが、花の事となると、まるで詩の朗読でもするかのように淀みなく喋り始める。控えめについた薄い唇の間から、大量の言葉があふれ出て来るのだ。

僕はあの男が店を出て行った後も、この場に留まっていた。秋山さんはハンカチを手にしたまま、人が変わったように考え込みだしてしまったので、口を挟むこともできずに、別れを言い出すタイミングがなかったのだ。

「名前の通り甘い香りのする豆をつけるのが特徴的で、海外では寝室に飾られる事も多いです。日本に初めて来たのは幕末の頃と言われていますね、後は松田聖子さんの『赤いスイートピー』という歌で一躍有名になったと思います」

「赤いスイートピーって何か特別なんですか？」

秋山さんは待ってました、と言わんばかりに嬉しそうな顔を見せる。学校で算数の問題を当てられて、得意げに答える小学生のようだ。

「スイートピーの花は様々な色が出回っていましたが、その歌が発売された当時は、ちゃんとした色の赤いものは存在していなかったんです。だからこそ赤いスイートピーというタイトルをあえてつけたのではないか、と。現在は品種改良が進んで鮮やかな赤色の種類も出回るようになっていますけどね」

「なるほど……それにしてもそのハンカチどうしますか、忘れたのを思い出して店に戻ってきますかね？」

「どうでしょう、あの方の居る場所が分かればこちらからお届けできるのですが」

「いやいや、そんなの無理でしょう、店で保管して戻ってくるのを待った方がいいですよ。それに財布と違ってハンカチなんて絶対に必要なものでもないですし……」

「それはどうでしょうか？」

「えっ？」

「あの方が購入したスイートピーと、刺繍のスイートピーは何か繋がりがあるように思えてならないんです、このハンカチは何か重要な意味を持っているのではないでしょうか」

「ハンカチに重要な意味……」

言われてみればそんな気もしてくるが、憶測の域を出なかった。果たしてそこまで尽《じん》力《りょく》して届けなければいけないものなのだろうか。

秋山さんは悩ましげに唇をすぼませて、接客の時とは違った真剣な顔をしている。さっきまでとは違う、考え込んでいる表情もまた可愛らしく思えた。そしてその姿を見て、なんとか協力したい、という気持ちが僕の胸の内でふつふつと湧いて来た。

こんなにも至極単純な自分がアホらしくも思えたが、何も理由はそれだけじゃなかった。僕自身も男のスイートピーを買った後の動向について気になりつつあったし、あの男が垣間見せた表情が、何を意味するのか知りたかったのだ。

そこで単純な頭に目一杯、血を廻らせ考えてみる。

「んー……例えば、結婚式などのお祝いに花を持って行ったとは考えられませんか？

ここらへんは式場も多いですし、何かのお祝いとか」

秋山さんは唇をすぼめたまま、顔の前で両手をクロスさせる。

「違うと思います。それでしたら、花束やブーケなどラッピングを希望されるはずですから。服装からしても普段着でしたし、お祝い事の可能性はないかと」

「そ、そうですね」

見事なまでに却下されてしまった、だけどめげずにもう一度案を出してみる。

「それじゃあ友達の家に行く際のただの手土産として買ったとかは？」

秋山さんは両手をクロスさせた姿勢を崩さなかった。そろそろ、そのポーズからビーム光線の一つでも出てきそうだ。

「それでもやはり、ラッピングを希望されるのではないでしょうか、車を運転する方がお酒を買って行くのも違和感があります。ちょっと行くだけ、ということはそんなに長い用事じゃないでしょうし、それに……」

秋山さんは手を下ろしてから言葉を続けた。

「バケツを見て、忘れちまったな、と言っていたんですよね」

「あっ、僕もそれ聞いていました」

「あの方には他にも不可解な点がいくつかありました、順を踏まえていきましょう」

いつの間にか秋山さんは、探偵さながら推理を始めていた。さっきまでのとぼけた雰囲気はどこにもない。もはやそのギャップを可愛いと思うよりも、その変わりように純粋に驚く。

「まずあの方が当店に入って来てから不思議に感じた事はありませんでしたか？」

「ええっと……最初は車を店の前に停めて、店内に入って来たんですよね、それからまっすぐスイートピーの前まで来て立ち止まっていたと……」

「そこです」

「えっ？」

「まっすぐスイートピーの前まで来た、という点です」

答えの寸前まで言われて、はたと気づいた。店内には、他に多くの花があるにもかかわらず、男は迷う事なく一直線にスイートピーの前にまっすぐ来た。きっと僕ならどこに目当ての花があるのかも分からず、探し回る羽目になっただろう。

「この店にあの人は何回か来た事があるんですか？」

「その通りだと思います。店の帳簿を確認してみましょう、もしかしたら以前にスイートピーを買ったお客様の中に、あの方がいるかもしれません」

秋山さんは、レジの内側の棚にしまってあった分厚い帳簿を取り出して、ページをぱらぱらとめくり始める。

「そんな膨大な中から、見つけられるんですか？」

帳簿は、びっしりと文字で埋め尽くされていた。しかも秋山さんが書いているとは思えない、ダイナミックで豪快な字が書き連ねられている。

「うちの店でスイートピーを取り扱っているのは二月と三月のみですから、お客様は限られています、それに花束に包むのでもなく六輪だけ買われる方も……」

秋山さんはその二ヶ月の間に狙いをつけて探しているみたいだ。顔は真剣そのものでまた唇をすぼめている。たぶん無意識にやってしまう癖なのだろう。

「あっ、ありました！　丁度一年前、三月十二日にスイートピーを六輪買われている方がいます」

「その人間違いないですよ！　しかも同じ日だなんて」

「それだけじゃないです、二年前、三年前も同じ日にスイートピーを六輪買われている方がいるんです、間違いなく同一人物だと思います！」

つまり、毎年あの男は三月十二日にこの店に来ているという事だ。しかし逆に、不思議な事に気づく。

「毎年来るお客さんなのに覚えていなかったんですか？　結構特徴的な人なのに……」

「……」

秋山さんは、急に黙ってばつが悪そうに俯く。

「私、人の顔を覚えるのが苦手で、その、もっと、たくさん会っている方なら、も、勿論忘れないんですけど……」

　またごにょごにょと言い訳を始めたので、早めにフォローをした。

「そ、そうですか、まぁ、誰しも得手不得手《えてふえて》がありますからね！」

　この人は花をパッと見たら名前を言い当てて、特徴までをも図鑑か辞書みたいに事細かに説明してくれるのだろう。しかしいざ花以外の事となると、その力が発揮されなくなるみたいだ。

「ちなみに、僕の名前は覚えてますか？」

「う、うら……浦島公英さん？」

　ほら、この通りだ。

「浦田公英です、助けたカメに連れられて竜宮城に行きませんから」

「ご、ごめんなさい、浦田さんですね！　浦、公、英の漢字が入っている事はもう完全に覚えていたんですが……これでもうちゃんと覚えます」

　秋山さんは念入りに染み込ませるように自分の頭をポンポンと叩く。

「えっと、それでは、ほら……あの方が毎年この店に来ているのが、分かった所でしたよね！」

　半ば逃げるような形で秋山さんが話を戻す。話の逸らし方もなかなか下手だったが、もう余計な口を挟むのはやめた。

「そうですね、毎年この日に用事があるとなると……」

一番に思い浮かぶものはあれだ。花をプレゼントするという点でも領けるものがある。

「単純に思いつくのは誕生日、とかですよね」

「誕生日、ですか……」

秋山さんはどこか腑に落ちない表情だ。

「やはりそのようなお祝いなら花束に包んだりするかと、それに……」

一瞬、間をおいてから言葉を続けた。

「プレゼントの花を買う方が、バケツを拾う時に見せたような、あんな顔をするとは思えなくて……」

確かにその通りだった。やはり秋山さんも、あの時の男の表情を気にかけていた。それにハンカチに付いていた血の一件もある。お祝いの線は限りなくゼロに近いだろう。

「あっ、そういえば」

秋山さんは、グーにした右手で左の掌《てのひら》をパンと叩く。いわゆる典型的な何かを思い出した時のポーズだ。

「う、浦田さん」

一音つまずきながらもようやく正解の名前を呼んでくれた。これで一安心。

「どうしました？」

「帰り際にあの方が落としたものを何か拾って渡しませんでしたか？」

「ターボライターを落としたんです、それを渡しました」

「ターボライター……」

秋山さんが首を傾げる。

「何か気になるんですか？」

「浦田さんは、なぜあの方がターボライターを持っていたと思いますか？」

「えっ、それはやっぱり、喫煙者だからじゃないですか？　煙草を吸う人にとっては必需品ですし」

秋山さんは、今度は反対の方向に首を傾げた。

「やはりそれではおかしいですね」

「何がですか？」

「あの方は喫煙者ではないと思います」

「ど、どうしてですか？」

「浦田さんは煙草を吸われる方ですか？」

「いや、吸わないですね、むしろ嫌いな方です」

「私もそうです。非喫煙者はかなり敏感に煙草の匂いを感じるものですが、あの人からは一切しませんでした」

「た、確かにそうでしたけど、匂いが今日はたまたましなかっただけ、という事も考えられませんか？　服を洗濯したばかりだったとか……」

すると秋山さんは服のポケットから、小さな折り畳み式のナイフをさっと取り出した。

「花屋に勤める多くの人が持っているもので、こちらのフローリストナイフというものをご存知ですか、花のアレンジなどに使う事が多いのですが」

「いえ、それが何かターボライターと関係しているんですか？」

即座に秋山さんは問いに答えた。

「このようによく使う物はポケットに入れているものじゃないですか」

秋山さんは、ナイフを再びポケットにしまった。

「確かに……」

あの男はターボライターをビニール袋の中に入れていた。日頃から煙草を吸っている人間ならばそんな事はしないはずだ。それなのになぜライターを購入したのか。

こうやって考えてみると不可解な点はいくつもある。しかし、頭の中ではまだその断片的な事象が、バラバラに散らばっている。どうすればこの点と点が結びつくのだろうか。

自分一人では、一向に答えが浮かびそうにない。悩ましい頭を抱えつつ、顔を上げた。するとそこには意外な光景が広がっていた。

さっきまでの思案顔も、唇をすぼめた姿も、もうどこにもなく、大輪の花にも負けないような笑顔を浮かべた秋山さんがいたのだ。

そして、僕を見つめてこう言った。

「浦田さん、全てが咲きましたよ」

◆

全てが咲きました、という言葉の意味を僕が理解する間もないまま、秋山さんは急に店を飛び出した。しかし、なぜかすぐにまた店内へと駆け込んできた。

「ど、どうしたんですか？」

「あの方の居場所は分かったのですが、このまま走って行ったのでは、とてもではないですが間に合いません！」

「お、落ち着いてください、自転車とかないんですか？」

「私は自転車に乗れません！　バランス感覚がないみたいなんです」

確かに、そんな気はした。バランス感覚どころかまず運動神経がなさそうだ。

「じゃあ車は？」

「配達用の車はありますが……」

秋山さんが歯切れ悪く答える。それから細くスッと伸びる指を、もじもじと重ねたり離したりし始める。どう考えても続きに良い言葉は来そうにない。

「何か問題が？」

「……浦田さんは私が免許を持っていると思いますか？」

「……なんか、すみません」

自転車すら乗れない秋山さんが車の運転をできる訳がなかった。むしろ教習の段階で失敗を重ねすぎて、「免許を取るのはやめた方がいいんじゃないか」と教官から言われていそうだ。

「あの、実は私も一度、免許を取りに行こうとしたんです。花屋は配達が多いですから……。でも、教習を始めてすぐに車を何度もぶつけてしまったり、スピードを出し過ぎてパニックになったりしちゃって、それで教官の方から、免許を取るのはお願いだからやめてくれませんか、と言われまして……」

悲しい事に予想は当たっていた。むしろ現実の方がよっぽど厳しかったみたいだ。

「あの、それじゃあいつも配達は誰がしているんですか？」

「父にやってもらっています、免許を持っているのは父だけなので……」

この店は秋山さんだけで切り盛りしている訳ではなかった。言われてみれば、これだけの天然ポカをする人が、一人で花屋を経営していけるとも思えない。たぶん、あの帳簿に書かれたダイナミックな字は、秋山さんのお父さんのものなのだろう。

「ちなみに浦田さん、免許は持っていますか？」

「えっ？　一応持ってますけ……」

「それじゃあお願いします！」

最後まで言い終わる前に、秋山さんはレジの中から車のキーを取り出して、僕に渡した。それから店先へと足早に出る。

「えっ、ちょっと！」

強引すぎる。何かに夢中になるとすっかり周りが見えなくなるみたいだ。だからマルチタスクが要求される車の運転とかは苦手なのかもしれない。もう従う他はないのだろうか。何を言っても却下されそうな気は十二分にしているけれど。

外では、いさんで足踏みをする秋山さんが待っている。一応もう一度だけ、ダメ元で確認を取ってみる。

「あの、本当に僕が運転しなきゃ駄目なんですか？」

「そうしてもらえると、助かるのですが……」

そんな困った顔を見せられてしまったら、協力したい気持ちも湧いてきてしまうのが本音だ。でもいきなり他人の車を運転する事になるだなんて……。

「あっ！」

そこで秋山さんがまた声をあげた。本当にせわしない人だ。焦り出すと子供のように感情表現が豊かになる。目まぐるしく表情が変わっていく。

「どうしたんですか？」

「浦田さん、店番どうしましょう！」

そうだった、このままでは店に誰もいなくなってしまう。

「えっ、いや、そんな、そんなの僕に言われても、誰か他に代わりの人とか……」

「そんな人なんて、うちにはいないですよ……」

「……参りましたね」

「参りたくないですよ！」

秋山さんが意味のよく分からない声をあげたその時、店先で二人で騒いでいたのが人目を引いたのだろうか、緑のエプロンをつけて、大きな段ボール箱を抱えたまま歩いて来る人物がいた。そして、箱に隠れていた顔を覗かせてこちらに向かって喋りかけてくる。

「どうしたー、瑠璃ちゃん何かあったのかい？」

下ろした段ボールの中にはたくさんの果物が入っていた。エプロンには『フルーツパーラー大谷《おおたに》』と書かれている。どうやら近くの果物屋の店主らしい。「瑠璃ちゃん」と呼んでいる事からも、二人は普段から親しい仲なのかもしれない。喋り方からしても、秋山さんより少し年上くらいだろうか。

「大谷さん、良い所に来てくれました！　ちょっと店番をお願いします！」

「え、ちょ、ちょっと、どういう事？」

「大切な届け物がありまして、今から行かなければいけない所があるんです！」

「そ、そんな事言われてもなあ、そんな花に詳しくもないし……」

突然の申し出に、大谷と呼ばれたその相手は困っていた。それでも秋山さんはめげずに言葉を畳みかける。

「居てくれるだけでいいですから、それに大谷さんなら大丈夫に決まってますよ、いっつも美味しい果物を持って来てくれるし、商店街のみんなからも愛されてるし、町内会の野球大会でもホームラン打っちゃうし、なんでもできちゃう人なんですから！」

「よっしゃ！　後は全部任せとけいっ！」

秋山さんの褒め落としが功《こう》を奏《そう》し、大谷は驚く程あっさり承諾した。頼もしく両の腕の力こぶを見せてくれる。野球大会でホームランを打ったというのも偽りじゃなさそうだ。

「浦田さん、行きましょう！」

「は、はあ……」

ここまで来て今更運転を断る事なんて僕にできる訳がなかった。代わりと言ってはなんだが、走り出した秋山さんの隣について、気になっていた事をこっそり尋ねる。

「あの方は誰なんですか？」

　ほぼ予想はついていたが、どんな人なのか確かめたかった。決して瑠璃ちゃん、と呼ぶ間柄に嫉妬《しっと》した訳ではない。あくまで確認だ。

「近くの果物店の店主の方で、大谷さんと言います」

　それから、僕の耳元に少しだけ近づいて小さめの声で言った。

「とてもおだてられ上手の方なんです」

「なるほど」

　おだて上手とは聞いた事があるが、その逆の人間がいるとは知らなかった。振り返って店先を見ると、当の本人は白い歯を覗かせて、こちらにグーサインを向けている。確かにおだてられ上手の名に偽りはないようだった。

　僕も結局、大谷と同じようにここまで押し切られてしまった。こんな状況になるとは思ってもみなかった。もう少しノーと言える人間になりたい。それでもどこかで、普段は感じる事のできない非日常な体験に、ワクワクしている自分もいた。

　配達用の車に乗って、幕張ベイタウンを出発した。店から離れた位置にある駐車場への道を、少し間違えた為に、わずかなタイムロスはあったが、これでも急いだ方だ。どうやら秋山さんは道を覚えるのも、苦手分野の一つらしい。

それから運転にもようやく慣れてきた頃、ずっと抱えていた疑問を口にした。

「あの、さっき全てが咲きました、と言ってましたけど、それは全ての謎が解けたという事ですか？」

秋山さんからはただ一言、「海へと向かってください」と車に乗った時に言われただけだった。

僕の問いに、秋山さんは白い歯をニッと覗かせて笑った。少しとがった犬歯が見える。それがやや幼さを助長させているのかもしれないが、とてもチャーミングだった。

「はい、おそらく推理は当たっていると思います」

「一体、あの人はどこに行っていると思うんですか？」

僕がその質問をすると、秋山さんの顔色が、試合直前のアスリートのような真剣なものに変わった。

「あの方は、お墓参りに行っているんだと思います」

「お墓参り……」

「ええ、スイートピーを毎年買っているのは、お墓に供える為です」

「なぜ、そうだと分かるんですか？」

「まずはスイートピーを六輪だけ購入した点です、仏花《ぶっか》というものはお墓の両側に供えるので基本的に二束で一対なんです、だから私がサービスをして奇数の七輪になってしまっては、都合が悪かったので、それを断ったんだと思われます」

ただの無碍《むげ》な返答にも思えたが、そういった理由があったのだろうか。確かに、男は、六という数を望んでいた。

「それにわざと実がついていないのを選んだのにも理由はあります。基本的に仏花は香りの強いものや毒のあるものを避ける傾向があります、近年は大分その辺りも緩やかになって、故人の好きだったものを自由に供えるようにはなっていますが、スイートピーの実には毒があるのでそれを嫌ったのでしょう。それでもやや香りは強いですが、特別に好きだったものであれば、そこまで問題はないと思います」

――お墓参りの為の花。

確かにその通りならば、同じ花の刺繍が施されたハンカチは、きっと大切なものに違いない。自分の中でも大体の事が把握できてくる。

「バケツを忘れたと言っていたのは、お墓を掃除する時に必要だからですか」

「その通りだと思います。でも霊園《れいえん》によっては貸出の桶があるのでそれで事足りると思ったのでしょう、それと、持っていたお酒はお供えの為のものですね」

「そうですね、車を運転する人が飲む訳はありませんし……」

お墓参りだとすると、あの男が見せた複雑な表情は、亡くなった人を想っていたからだろうか。

　でも数年前からフルールに来て花を購入しているとなると、相手の人が亡くなったのはかなり前になる。それなのに、男は未だに整理がつかないような表情を見せていた。それほど大切な相手、という事なのだろうか。

　もしかして、やはり仕事か何かの関係で、あの男自身が殺めてしまった相手なんて事は……。ハンカチについていた血の跡の事も思い出して、車の中で身震いをしてしまう。

　果たして僕達は、このままあの男の元へと向かっていいのだろうか、増長《ぞうちょう》する不安が頭の中を蝕《むしば》んでいく内に、車はようやく海の傍の道まで来た。ここからは海沿いに左右に分かれる形になっている。右に走れば東京方面、左に走れば千葉方面だ。

「秋山さん、どちらに行きますか？」

「左に出て走ってください」

「分かりました」

　秋山さんの言う通りに左折すると、道が三車線になり、他の車も思いのほかスピードを出していた。久しぶりの運転という事もあって今一度、安全運転を肝に銘じる。

「どこの霊園かも分かっているんですか？」

「ええ、普通のライターではなく、ターボライターというのがヒントになりました。あれは煙草の為ではなく、風の強い屋外で、お線香に火をつける為に使うものです。あの方は店を出てから、海の方へと車を進めていました。海側で風が吹く霊園といえば、新《しん》習志野《ならしの》駅の近くにある、海浜霊園しかありません。隣の駅なので、ちょっと出るだけだ、と言っていた発言とも一致します」

　確かにその通りだ。もしも内陸側やこの付近よりも離れた場所へと行くのならば、すぐ近くを走っている国道三五七号線へ向かう場合がほとんどだろう。海の側へ出たのは、そちらに用事があるのを示しているに違いない。

「凄い……」

　思わず声に出してしまっていた。正直、出会ってすぐは、「時折天然ボケをやらかす花好きの女の人」といったくらいの印象だったが、実際は鋭い洞察力と、大胆な推理力を併せ持っていたのだ。

　秋山さんは、真剣な眼差しでフロントガラスを見つめている。目尻が下がっているから穏やかに見えるはずのその顔も、見事な推理を披露《ひろう》した後だと、一層精悍《せいかん》なものに見えた。

　しかし、そこでおかしな事に気づいた。車は幕張の辺りを抜けて、稲毛《いなげ》に差し掛かる美浜《みはま》大橋の上を渡ろうとしていたからだ。

「あれ、稲毛？」

「あっ」

　秋山さんは空気の抜けたゴムボールのように、間の抜けた声を漏らした。また口が半開きになっている。そう、稲毛に来てしまってはおかしい。新習志野へ向かうのなら、海へと出て右に走らなければいけないからだ。

「……さっき左に出てって言ったの秋山さんですよね」

「だ、だって、浦田さんだって、新習志野と分かっているなら、左に出た時点でおかしいって事に気づいてくれても……」

「いや、まだその時、新習志野の海浜霊園だって教えてもらってないですもん」

「そ、そんな事言っても……、道とか覚えるの苦手で……さっきの駐車場への道もそうだったし、地図とか見ても目的地に着けなくて……というか地図の見方が良く分からないというか……」

またごにょごにょが始まってしまった。本当にコロコロと表情を変える人である。天然ボケをして人に迷惑をかける最初のドジぶりとはうって変わって、見事な推理力を発揮して冷静沈着な大人の面を見せたかと思えば、子供みたいにごにょごにょと言い訳をしたりする。傍で眺めているだけでも、四季折々の花のように姿を変える様は飽きる事がない。

「Uターン、しますね」

「お願いします……」

交差点に差し掛かって、一番右側に車線変更した。信号の色が青に変わるのを待ちながら、チラリと横目で助手席を伺うと、おやつのお預けをくらった小型犬のような表情を見せる秋山さんが目に入った。さっきまでの精悍な姿は跡形もなく消え去っている。それがおかしくて僕は秋山さんにばれないように小さく笑った。

◆

海沿いの道を辿り、ようやく海浜霊園へと着いた。駐車場に車を停めてすぐに、秋山さんの推理が見事に的中していた事を確信した。なぜならさっきの男の車が、駐車場に停めてあったのだ。間に合ったことにひとまず安心する。

「どこにいますかね」

「探しましょう、あまり人もいませんし、すぐに見つかるはずです」

「そうですね」

と、僕が返事をした所で、霊園の管理事務所から怒鳴るような大声が聞こえてきた。辺りは静まっていたから、特にその声はよく響いた。それに聞き覚えがあった。今日、店で聞いたあの男の怒鳴り声によく似ていたのだ。

「秋山さん！」

「ええ、行きましょう」

秋山さんもすぐそれに気づいたみたいだ。そして、僕達は傍にある管理事務所の中へと入った。

するとそこに、さっきの男が居た。

「だからちゃんと探したのかよ！」

「いえ、ですからそのような落し物は……」

「ふざけんな、見つかるまで探せよ！　あれがなきゃ困るんだよ！」

場違いな大声をあげるその男の迫力を前に、僕は声をかけるのを躊躇《ためら》った。店での男とのやりとりを思い出して、萎縮《いしゅく》してしまっていたのだ。

しかし秋山さんは僕とは反対に、まっすぐに前へと進み出て男の傍に駆け寄った。

「探し物はこちらじゃないですか？」

「お前は……」

男が目を丸くする。それからすぐに秋山さんが持っていたハンカチに気づくと、みるみる表情を変えた。

「こ、これは……」

秋山さんからハンカチを受け取る。そして店では一度も見せなかった、心から安堵《あんど》した表情を見せた。

「当店に忘れていたんです、ここまで届けに来ました」

「花屋に忘れていたのか……」

男はハンカチのスイートピーの刺繍の部分を腫れ物でも扱うかのようにそっとなぞった。その所作だけを見ても、如何にそのハンカチが男にとって大切なものだったのか分かる。

それから男は小さく、「すまない」と感謝にも謝罪にも取れるような一言を述べた。


男と共に、管理事務所から墓石のある区画へと移動していた。目の前の墓石には『岩国家之墓』と刻まれている。男の名前も岩国《いわくに》という事を、ここに着いてから聞いた。

墓石のお供え物にはビニール袋に入っていたお酒が置かれ、花立てにはフルールで買ったばかりのスイートピーが供えられていた。彼岸にはまだ早い霊園では、その色鮮やかさが目を引き、無機質な墓石が建ち並ぶ中で唯一、生を持ったものとして存在しているようにも見える。

それからしばしの間、墓石の前で佇んでいた岩国がゆっくりと口を開いた。

「今日は、嫁の命日でな……」

その言葉を受けて、辺りが温度を失ったように、シンと静まり返る。

「このハンカチも嫁からもらったものなんだ、大事なハンカチなのにまた汚しちまった。どうもこの日が来るといけねえ。あいつの事が思い浮かんで頭の中がずっとボーっとしているんだ。不注意でぶつかってハンカチを鼻血で汚しちまうし、花屋ではすっ転ぶし……」

ハンカチについていた血は、ただの鼻血だったのだ。決して事件性のあるものではなかった。僕は勝手にありもしない想像を、頭の中で広げていたみたいだ。自分の事を戒《いまし》めたい気持ちが湧いてくる。

「奥様はどんな方だったんですか？」

「別にお前らに話すような事でも……」と岩国は言ったが、それから一瞬、間を置いて、

「……まあ、ここまで来てもらった礼もあるしな」と独り言のように呟いた。

そして岩国はどこか観念したような様子を見せて、スーッと深呼吸をするようにゆっくりと息を吐いた。

「……良い嫁さんだったよ」

その言葉を皮切りに、岩国は過去の事を語り始めた。

「俺は昔ヤクザやってたんだよ、まあこのナリだしな。好き勝手やってたんだよ。そんな時に出会ったのが京香《きょうか》だ、亡くなった嫁だよ。綺麗な人だった。花が好きだったんだ。俺は猛烈にアプローチしたよ。後、酒も好きだったから、居酒屋に誘ってスイートピーの花束をプレゼントしたりしてよ、遂には結婚できたんだ。そして結婚を機にヤクザを辞めようと思った訳だ。つまり足を洗うって事だな」

初めて会った時に、そっちの筋かもしれないと思ったのは、ほぼ当たっていたという訳だ。少し身の縮む思いがする。

「しかしな、そう簡単に辞められるもんでもない訳だ。新しい仕事先もなかなか決まらないし、上の人間とも話がこじれて結局足を洗えないままだった。思うように事が進まないから苛立つ日が多かったんだ、それで京香とも喧嘩が絶えなくなった。そんな時だよ、京香が亡くなったのは。四年前に突然、交通事故で逝っちまったんだ……」

岩国は墓石を細い目で見つめた。語り始めこそ淡々と喋っていたが、事故の事に触れると様々な思いが交錯するのか、言葉も途切れがちになる。

「俺にハンカチをプレゼントしてくれたのはその一ヶ月前だったよ、何か虫の知らせがあったのかもしれないな。なのに俺は花の刺繍が入ったハンカチは使いたくねえ、とかふざけた事言ってたよ。そんで最後まで憎まれ口叩いている内に、突然あいつは事故に遭ってもう二度と会えなくなった。自分の馬鹿さ加減が本当に嫌になるよ。別れの言葉も何も言えなかった。それどころか亡くなる日も、俺はまたしょうもない事であいつと喧嘩してたんだ、最後の言葉が、うるせえ黙ってろなんて、とんだお笑い草だろう。俺はどうしようもねえクズ野郎なんだ……」

岩国は顔を俯けながら、言葉を続けた。

「自分を責めたよ、あいつを顧《かえり》みずに好き勝手やってきた罰があたったんだって……それで少しでもあいつの為に真っ当な人間になりたくて、なんとしても足を洗う事に決めたんだ。せめてもの罪滅ぼしに、良い人間になりたかったんだ。それでなんとか無理に掛け合って、カタギに戻ったんだ……」

　そして、現在に至るのだろうか。しかし岩国の硬い表情は崩れなかった。それどころか、更に顔を歪めて続きを語った。

「辞めて挨拶をしに行く最後の日、上の人間にある言葉を言われたんだ、そいつは頭がキレる奴でな。花についても良く知っているみたいだった……」

　岩国が墓前の両脇に飾られたスイートピーを見つめる。その瞬間、忌々しそうな表情が、岩国の顔に浮かび上がった。

「……花屋に勤めているなら、あんたも知っているだろう。スイートピーには『別れ』という意味の花言葉があるってな。奴にその事を言われたんだ、それから続けてこう言ったよ。お前の女はずっと結婚生活を苦に感じていたんだろうな。だから別れたいという気持ちを暗に伝える為に、スイートピーの刺繍入りのハンカチを贈ったんだよ。俺の元にもお前への文句が届いていたからな。いいか、女はずっと恨んでたんだよ。お前みたいに存在が周りを傷つける人間が今更足を洗った所で何もかも遅いんだ、ってな……」

　岩国は拳をきつく握りしめた。今にもその掌の内から血か何かが、滴《したた》り落ちそうなほどに。

「俺はなんにも分かっちゃいなかった、花言葉なんて知りもしなかった。京香は俺と一緒にいるのが、苦痛でしょうがなかったんだ。だからここへ来て毎回謝っているよ。来て欲しくないと思っているかもしれないが、それでも来ない訳にはいかない。春にはあいつの好きだったスイートピーの花が咲くからな、命日には必ずこの花を供えているんだ……」

　岩国の表情に苦しみの色が混じる。フルールで一瞬見せた、あの複雑な表情と同じだった。

　僕は掛ける言葉もなく、ただ案山子《かかし》のように突っ立っていた。何も言えなかった。四年もの間、贖罪《しょくざい》ともいえる気持ちを抱えていた岩国の気持ちを理解してあげるなんて、自分なんかに到底できる訳がなかったのだ。むしろ当事者でもない部外者が余計な口を挟めば、相手の怒りを買う事だってある。だから今は、黙って下を向いたまま耳を傾け続ける事しかできなかった。

　しかしその時、コツンと小石が転がる音がした。

　顔を上げると、僕の隣にいたはずの秋山さんが、岩国の傍にいた。

「スイートピーの花は下から順に咲いていくんですよ、今は下から五つが咲いていますね、それにとても長持ちする花なんですよ」

　秋山さんは子供に説明するような、優しい口調で言葉を続けた。

「岩国さんはこの花について何か調べたりしましたか、豆に毒があるのはご存知のようですが」

「……いや、それは前に京香から聞いたんだ。俺自身は何も調べちゃいないさ……怖いんだ。まだ何かあいつの辛い思いが隠されているかと思うと……」

岩国はそれ以上、何も言わなかった。

辺りに再び、長い沈黙が流れた。閉園時間も、差し迫っている。

岩国は、過去を吐き出して少しは楽になっただろうか。この懺悔《ざんげ》で少しでも心が晴れてくれたのなら、ここへ僕達が来たのにも意味があったはずだ。

しかし岩国が話を終えても、秋山さんはその場を動こうとしなかった。

「岩国さん、花言葉はどうやって決められたかご存知ですか」

岩国は興味なさげに首を小さく横に振った。秋山さんは言葉を続ける。

「ちなみに諸説ありますが、花言葉の始まりは十七世紀頃のトルコと言われています。当時のトルコには言葉や文字ではなく、花に思いを託して贈るという風習があったそうです。それがヨーロッパに広がり、やがては世界中へと広がる事になりました。日本には明治初期にその文化が伝わったとされているんですよ」

その話を、しっかりと聞いているのかどうかも分からないが、岩国は何も答えずにただじっと墓石を見つめていた。

「その花言葉をどうやって決めたかというと、ヨーロッパでは神話や伝説にまつわるものが多いそうです。例えば春から夏にかけて咲く花である『勿忘草《わすれなぐさ》』は、ドイツに伝わる、騎士ルドルフとその恋人ベルタの伝説から花言葉がつけられました。それはこのようなお話です。ある日ベルタは河畔《かはん》に咲く、青色の可憐な花を見つけます。そしてルドルフは危険な場所にもかかわらず、彼女の為にその花を摘みます。しかし、その瞬間、急流に飲まれてしまいました。懸命に泳ごうとしましたが、ルドルフはやがて力尽き、最後の力を振り絞って花をベルタへと投げ、『私を忘れないで』と言い残し亡くなりました。以来、恋人を亡くしたベルタは生涯、その青色の花『勿忘草』を髪に飾っていたという伝説です。そしてそこから『私を忘れないで』という意味の花言葉がついたんです」

秋山さんは岩国の過去に類似点を見つけて、その由来を語ったのだろうか。しかし岩国は顔を上げなかった。その話が岩国の心に響いていないのは明白だった。

「秋山さん、もう……」

「話はまだです」

その言葉に、僕は首を横に振った。

「これ以上余計な干渉《かんしょう》は……」

もう岩国をそっと一人にしてあげたかった。それに岩国からもいい加減、疎《うと》ましいと思われているのをひしひしと感じていたのだ。

けれど、秋山さんは目を瞑ってから、僕よりも更に首を大きく横に振った。

「部外者の私達が相手の気持ちを全て理解してあげる事なんてできるとは私も思ってい

ません……。けどだからといって、そこで相手を理解しようと思う努力をこちら側がやめてしまってはダメなんです。他人に気持ちが分かるものか、と言って許されるのは本人だけです」

秋山さんは、まるで自分にも言い聞かせているような、そんなまっすぐな瞳をしていた。

そして再び、岩国に向き直った。

「……話の続きをしますね。ヨーロッパでは神話や伝説にまつわるものが多いと話しましたが、日本では花の特徴や季語、四季に関係する花言葉も多いんです。また地域でも異なる場合が多く、世界中を見わたすと、時には一つの花に正反対の花言葉がつけられていたり、複数の意味がつけられている事も多くあるんです。また色で変わったりもするんですよ」

一つの花に正反対の花言葉がつけられていたり、複数の意味がつけられている――。

ついさっきまで、話をやめさせようとしていたにもかかわらず、今の秋山さんの言葉に驚いている自分がいた。色で変わるというのは言われてみれば想像もつくが、同じ一つの花に正反対の花言葉がつけられているなんて、思いもしなかったのだ。

変わった。雲の切れ目から太陽が顔を出した時みたいに、辺りを取り巻く雰囲気が変化するのを感じた。岩国が、ずっと俯いていた顔を上げたのだ。

視線は目の前のある一点を見つめている。

――スイートピーだ。

「スイートピーの花言葉には勿論『別れ』という意味もあります。けれどその由来は、花弁がまるで蝶が飛び立つように見える姿から来ているそうです。つまり決して悲観的な意味ではなく『門出《かどで》』というニュアンスの別れを表しているんです」

秋山さんは、穏やかな瞳のまま岩国を見つめていた。

「きっと奥様は、新しい仕事を始めて欲しいと願いを込めて、『門出』という意味があるスイートピーの刺繍が入ったハンカチを、贈ったのではないでしょうか。岩国さんが以前の働き先で言われた言葉のほとんどは、無理矢理仕事を辞めていく事に対しての、ただの嫌味だと思います。本当の意味でのスイートピーの花言葉とは異なります」

岩国は、真実を歪めて捉えてしまっていたようだ。勿論、相手が明らかな悪意をもって、そう思わせたのは確かだが、きっと、当時の岩国は、普段なら馬鹿げていると聞き流せる事も、真に受けてしまうほどに弱っていたのだろう。

「本当のスイートピーの花言葉……」

岩国は、確かめるように、その言葉を呟いた。

「ヨーロッパなどでは『優しい思い出』などの花言葉がつけられているんですよ。お二人は喧嘩を重ねた時もあったかもしれませんが、奥様にとって岩国さんと過ごした日々は、とても大切なものだったのではないでしょうか」

岩国は、スイートピーの刺繍を見つめた。

「……本当に、京香はそう思ってくれていたんだろうか」

秋山さんはそこで、小さく笑顔を浮かべる。

「大体、女性は好きでもない相手に、自分の好きな花の刺繍が入ったハンカチをプレゼントしませんよ。きっと奥様は岩国さんを大事に思っていたはずです」

静寂が辺りを包んでいて、秋山さんの声だけが妙に響く心地がした。

「もし、そうだとしたら、俺はこれからどうすればいいと思う……」

秋山さんが、その問いに、穏やかな口調で答える。

「実はスイートピーには先ほど話した勿忘草と同じ、『私を忘れないで』という花言葉もあるんですよ。だから岩国さんは、奥様をずっと忘れないでいてあげてください。きっとそれなら奥様も喜ぶと思いますから」

「……」

岩国はまたハンカチを見つめた、それから慈しむようにスイートピーの刺繍に触れる。

そこに涙が一滴零れ落ちた。

「……俺は、救われていいんだろうか」

声に、震えが混じっている。

秋山さんは暖かい笑顔を浮かべて、その言葉にコクリと頷いた。

「忘れない、ずっと忘れるもんか……京香……」

岩国は周りを憚《はば》からずに、ボロボロと涙を零し始めた。その涙を受け止めるハンカチがじわりと、斑《まだら》に色を変えていく。

僕は思い出したように空を見上げ、耳を澄ました。時折吹く風の音と、岩国の嗚咽混じりの声の中で、波の音が聴こえる。この辺りはもう海が目と鼻の先だ、潮の匂いを強く感じる。そしてその中にかすかな甘い香りが漂っていた。

それは、スイートピーの仕業だった——。

◆

ガコンッ。

霊園の管理事務所内に音が響く。自動販売機の取り出し口に落ちてきたレモンスカッシュを掴んで、秋山さんがため息交じりに呟いた。

「なんだあ、カルピスが良かったのに……」

秋山さんは飲み物を買う時に悩んだ子供がよくやる、ボタン二つの同時押し、というものをやっていた。

「じゃあ最初からそっちを押せば良かったんじゃないですか」

「うーん、そういう事じゃないんですよ」

どういう事かは分からないが、それ以上追及するのはやめた。たぶんカルピスが出てきていたら、レモンスカッシュが良かったのに、とか言い始める気がしたからだ。

「いただきまーす」

また管理事務所の中に声が響いた。もう辺りには他に人がいない。

「ケホッゴホッ！」

「だ、大丈夫ですか」

コクコクと喉を鳴らして飲んでいた秋山さんが、むせて咳をした。あまりにも勢いよくレモンスカッシュを飲んでしまったらしい。

「うー鼻から出てきそうです」

そう言った秋山さんの表情は、もうすっかりいつも通りだった。さっきまでの泰然自《たいぜんじ》若《じゃく》とした姿は炭酸の泡の如く消えている。

飲み物の代金は岩国が出してくれた。最初は、何かご馳走させてくれ、とまで言われたがそれは悪い、となって飲み物を奢ってもらう事に落ち着いたのだ。

ひとしきり涙を流した後の岩国の表情は、どこか憑き物が落ちたように晴れ晴れとしていた。たぶん次会う時には、今よりも優しい人になっているだろう。そう思えるほどに、去り際の岩国の雰囲気は穏やかなものになっていた。

「よしっ、フルールに戻りましょう」

秋山さんは今度はむせずに、残りを飲み終えたみたいだ。

その言葉を合図に、僕達は管理事務所を後にする事にした。

再び外に出ると、沈みかかった夕日が顔に差した。閉園時間はもう間もなく、後は店へと戻るだけだ。

でもここを出る前に、僕は秋山さんに謝らなければいけない事があった。それは岩国への話を打ち切って帰ろうとした事だ。あの場で去っていたら岩国はずっと救われないままだったはずだ。ましてや自分一人では、ここへ辿り着いてもいなかった。全ては秋山さんのおかげだったのだ。

「あの、さっきは……」

けれど、いつの間にか秋山さんの姿はなかった。

「あれっ……」

辺りを見回すと、やや後ろにじっと一人、立ちすくんでいるのを見つけた。その佇まいはさっきまでとは明らかに違った。

「……あ、秋山さん」

僕の声は届かなかった。まるで見えない境が目の前にあるみたいだった。

何を見つめているのか。視線は、墓石がある区画の方に向けられている。今日出会った、岩国との事を思い出しているのだろうか。

それから十数秒の間、声もかけられずに、ただその姿を見つめていた。

夕日が当たった秋山さんの体は、オレンジ色の粒子に包まれているようにも見える。でもそんな暖かな周りの色とは反対に、その瞳はガラス玉のように温度がなかった。そんな目をした秋山さんを見るのは、今日初めてだった。

「あっ、浦田さん、帰りましょう。帰りも安全運転でお願いします！」

秋山さんがこちらに気づいて、ヒマワリのようないつも通りの明るい笑顔を見せる。杞憂《きゆう》か、ただの勘違いか。それかきっと何かの取り越し苦労に違いなかった。僕のネガティブは常に要らぬ心配を探しては、勝手に自分の不安材料にしてしまうのだ。今はそれをやめよう。

「勿論です、運転は任せて下さい」

「ありがとうございます」

せっかく元に戻った秋山さんの笑顔がまた曇ってしまっては困るし、謝罪の言葉は胸にしまっておく事にした。代わりに、ちょっと意地悪を言ってみる。

「あっ、じゃあ秋山さんには帰りのナビをお願いしますね」

「へっ」

秋山さんの口からプスッと漏れるような音がして、目が真ん丸になった。その表情がまたおかしくて、僕は笑いをこらえるのに精一杯になった。

フルールに着く頃にはすっかり日が暮れていた。店のレジカウンターには、酷く疲弊《ひへい》した大谷の姿があった。どうやらかなりの仕事に追われていたみたいだ。

「瑠璃ちゃーん……」

情けない声を出しながら、大谷がカウンターにへたり込む。

「だ、大丈夫でしたか、大谷さん」

「実はあの後、団体のおばちゃん達が十人くらいでやって来てさあ、この花を値切れだのなんだの、言われて圧倒されちゃってさあ……」

「それでどうしたんですか？　割引とかしたんですか？」

「ううん、それはさすがに瑠璃ちゃんや店長さんもいないのに、悪いだろうと思ってなんとか断ってたんだけど、そしたらいつの間にかうちの商品のフルーツを、タダでおまけする流れになっちゃって……」

「あらまー」

間の抜けた声を秋山さんがあげる。もうすっかり気も抜けているみたいだ。

「かたっぱしからうちのフルーツ持っていかれちゃったんだよ……でも、その甲斐もあって、チューリップとランがたくさん売れたんだけどね」

「わあ、すごい！」

さっきまで花があったはずの桶と棚の箇所が、すっかり空になっているのを見て秋山さんは驚きの声をあげた。

「ありがとうございます、大谷さん、さすがです！」

「え、そ、そうかな？」

大谷は満更でもない様子で、口元を緩ませる。

「わずかな間にこんなにもたくさんのお花を売っちゃうなんて、本当に凄いですよ。商売の神様です！」

「お、お！」

大谷の顔がにわかに紅潮していく。たぶんもう一押し。

「よっ、日本一！」

秋山さんが口に手を添えて言った所で、大谷は選挙演説を終えた大統領のように、両手を挙げてその声に応えた。表情にはもう疲弊の色は見えない。さすが、おだてられ上手、その名に偽りなしである。

その後、大谷は満面《まんめん》に笑みを浮かべながら、スキップ混じりで店を出て行った。フルーツをタダで持っていかれたのは、すっかり忘れてしまったようだった。

「あー良かった、これで一安心ですね」

たくさんの花が売れて、秋山さんもどこか上機嫌だ。大谷へのおだては本当に、心の底から言っていたのかもしれない。それほどにこの人の言葉には嫌味がない。相手の心の奥まで、思いが届くのも頷ける気がした。

「良かったですね、たくさん売れたみたいで」

「はい、売れ残っちゃったお花は廃棄してしまう事も多いので、本当に嬉しいです。今日の売り上げのノルマも無事達成ですね！　浦田さんも今日は本当にありがとうございました！」

秋山さんが心からの感謝を述べるように、深く頭を下げる。

「い、いえ、こちらこそ」

僕も思わず合わせて頭を下げた。

「あの、是非こちらを忘れずに持っていってくださいね。今日は本当にお世話になりましたから」

秋山さんがカウンターの上に載せたままにしてあった、タンポポの鉢を差し出す。

「あっ、そ、そうですね……」

「でもそれだけでは本当にお礼が足りないくらいです、何か他にも欲しいものがあればお好きなものを……」と、言いながら秋山さんはハサミを持って、切り花のコーナーをうろつき始めた。

「いや、もうこれだけで十分ですから！」

と、遠慮の言葉を口にする。ちゃんと触ってじっくりと見てみると、確かにこの鉢だけでも十分な代物だという事は分かった。これ以上何かもらうのは悪い気がする。

「そうですか……」

それ以上僕も返す言葉もなく、会話は途切れてしまった。お詫びの品ももらったし、これで本当に、今日一日の出来事は幕を閉じたみたいだ。

時計を見ると午後六時半。いつもならもうとっくに、家に着いて晩ご飯を食べている時間だ。あまりにも長い時間を過ごしてしまっていた。辺りはすっかり夜の準備が始まっている。そこで僕も、どこか名残惜しいような気持ちを抱えつつ、今日は帰る事に決めた。

「あの、それじゃあ、僕はそろそろ帰りますんで、タンポポも、ありがとうございました……」

「ちょ、ちょっと待ってください！」

突如、秋山さんは慌てた声をあげて向かってきた。手にハサミを握りしめて。

「あ、秋山さん！　ハサミおろして！」

「うわっ、あっ、すみません！　つい……」

秋山さんは、ハサミをいったんテーブルの上に置いた。あわや切りつけ事件が発生する所だ。刃物を持ったままの天然ポカは、大惨事を招きかねない。

「ど、どうしたんですか、秋山さん、血相変えて……」

「あ、あの、ちょっとお話があるのですが、その……」

秋山さんは言い淀んでから、緊張したように、その柔らかそうな頬を少し赤らめた。

視線は下を向いたり上を向いたり、辺りを彷徨《さまよ》って恥じらっているようにも見える。

えっ、まさか……。これはもしかして、もしかするのか。

秋山さんの姿はこれからまさに、秘めていた思いを告白する乙女のそれに近かった。

まさかこの一日を通して僕の事を……。

いや、そんな訳はない。落ち着くんだ、正気になって目の前にある、花の花びらの数でも数えよう。マーガレットか。よし……。
一、二、三、四……好き、嫌い、好き、嫌い、好き……。って何をやってるんだ！
恋占いなんてしてる場合じゃないってのに。なんでこんな事を……。

その理由はそこに付けられていたポップのせいだった。「マーガレットは恋占いに使われる花です」と書かれていたのだ。それを見て、思わず恋占いを始めていたという、お粗末な顛末《てんまつ》である。

「あの……」

「は、はい！」

ゴクリと生唾《なまつば》を飲み込む。秋山さんが目の前に立った。すると、自《おの》ずと上目遣いの目線になってしまう。ますます鼓動が加速した。

「……浦田さん、もし良かったらうちの店で、働いてはもらえないでしょうか」

杞憂か、いや少し言葉が違う。

ただの勘違いだ、もしくは早とちりとも言う。

僕はネガティブな不安を勝手に頭の中で抱いてしまう事も多いが、どうやらこういう女性関係に関しても勝手な勘違いをしてしまうみたいだ。経験の少なさが関係しているのだろう、情けない。

「こ、この、店で僕がですか？」

「はい、今この店は私と父の二人だけで切り盛りしているのですが、最近父の腰痛が酷く、配達や仕入れに行けない日が増えていて……少し大変な状況なんです」

そんな事情があったのを今、初めて知った。アルバイトの募集をしていたのも、その為だったのかと合点がいく。

「配達や仕入れには車を使う事がほとんどですし、運転免許を持った浦田さんが居てくれると、凄く助かるんです。花屋はとても配達が多いので……」

確かにこれから先、秋山さんが運転免許を取れる確率はほぼゼロだろう。いや、失礼ながら完璧にゼロと言っても差し支えはない。けれど考えてもみなかった選択肢に、良い返事はできそうになかった。

「でも、花の事はよく知りませんし、僕に花が似合うとは……」

「浦田さんは花屋にぴったりの人ですよ！」

秋山さんは胸の前で手を拍子木のように一つ叩いてから、ヌッと顔を寄せてきた。それから宝石箱を目の前にした少女のように、目をキラキラとさせて見つめてくる。

「ど、どこがですか……」

「そのお名前です！　蒲公英の字が名前に刻まれている浦田さんが花屋さんで働かなくてどうするんですか！」

「でも、タンポポですよ、なんかほら、弱そうっていうか、あんまりかっこよさとか強いイメージがないでしょう……」

それを聞いて、秋山さんは頭が取れそうなくらいにぶんぶん首を振った。

「そんな事ありません！　だって英語だったらダンデライオンですよ！　すごいカッコいいじゃないですか、ライオンですよ、百獣の王ですよ！」

これがさっきの果物屋の大谷だったら、あっさりとここで働き始めて、翌日から週六でシフトに入っていただろう。しかし、僕はそう簡単に納得できない。

「でも、ライオンといっても雄々《おお》しい部分が似た訳ではないでしょう、あの広がる花の形がたてがみに似てるとか、そんな事が由来なんでしょう？」

「ブブー、違います。実はダンデライオンと名付けられたのは、そのギザギザのタンポポの葉の形が、ライオンの鋭い牙を連想させるからなんです」

「えっ、そうだったんですか」

意外だった、花びらは特に関係なかったのだ。

僕の驚きもそこそこに、秋山さんは続けて言葉をまくしたてる。

「それにタンポポは凄いんですよ！　とても生命力が強くてアスファルトの裂け目から生えてきたり、西洋タンポポは無性生殖《むせいせいしょく》でどんどん自分のクローンを作り出して仲間を増やしたり、おまけに綿毛は十キロ以上も空を飛ぶ事があったり、それにタンポポはお茶にしても効能があったり、後は……」

「ちょ、ちょ、ちょっと待ってください！　もうタンポポの凄さは分かりましたから、ちょっと落ち着いてください」

「は、はい。すみません……」

ここまで熱心に押され続けて、正直悩み始めてもいた。花の事はまだよく知らないが、秋山さんと今日一緒にいて楽しかったのは事実だ。

「でも、本当に僕なんかでいいのかな……」

思わず、心の声が出てしまっていた。

「えっ、あ、今のは、その……」

慌てて取り繕ったが、次の言葉は思うように出てこなかった。

そんな僕とは正反対に、秋山さんは落ち着いた表情で微笑んだ。

「浦田さんだから、いいんですよ」

「えっ……」

「今日一日で知られてしまったかもしれませんが、私は少々ミスの多い人間なんです。何か一つの物事に集中すると周りが見えなくなってしまうので、私とは反対に注意深く周りを見てくれる、浦田さんがいて本当に助かったんです。道も分からず、ましてや運転もできない私では、岩国さんの元へは決して行けませんでした」

秋山さんの口から、そんな言葉が出てきた事に驚いてしまう。短い間ではあったが、そんな風に自分を見ていてくれたのか。

それに、別に僕は注意深いという訳でもない。ただネガティブでいつも不安が先行してしまうから、行動を躊躇する事が多いだけなのだ。

でも、僕も今日、秋山さんがいなければ岩国の元へは、絶対に辿り着けないと思っていた。秋山さんも同じように感じてくれていたのだろうか。

「浦田さんは、うちの店にとっても、私にとっても必要な存在だと思いました。だからフルールで働いてもらいたいんです」

必要な存在。そんな言葉を言われたのは、頭の中をぐるっと探してみても記憶になかった。どこか気分が高揚しているのが分かる。

「でも、僕に花屋なんて……」

ここまで求められても、ネガティブな言葉が浮かんでしまう自分が、酷くうらめしい。

しかしそこで、再三に渡る僕の否定的な意見を遮って、秋山さんが声をあげた。

「大丈夫、浦田さんならできます、絶対大丈夫ですから！　私が保証します！」

根拠のない自信とは、こういう事なのかもしれない。本当にこの人は僕とは正反対にポジティブな人なのだ。でも確かにその言葉を聞いて、どこか安心している自分もいた。

秋山さんは、まっすぐ透き通るような目でこっちを見据えている。生半可な偽りの言葉では、全てを見透かされてしまうような、そんな瞳だ。もうこれ以上、この申し出を断る理由も見当たらなかった。

「あ、あの……」

出てくる言葉は揺らぎながらも、僕は決心していた。しっかりと思いを告げようと、心の中で帯を巻くように、気を引き締める。

「……秋山さん、フルールで働かせてください、これからよろしくお願いします」

「やったー！」

秋山さんが、ぴょんと小さく跳ねた。それからボウリングでストライクを取った時みたいに、歓喜しながらハイタッチの手を挙げる。僕も慌ててタンポポの鉢をカウンターに置いて応えた。秋山さんのそんな喜びようを見ると、こっちまで嬉しくなってきてしまう。

「あ、ありがとうございます！」

そう答えながら、僕も浮かれてしまったんだろう、秋山さんとのこれからにぼんやりとした淡い期待を浮かべたりしていて、次の行動を全く予測できなかった。テンションが上がった秋山さんは、再度ハイタッチの手を上げたのだ。

「えっ」

気を抜いていた為に、その手に気づくのが遅れてしまった。出遅れた手はギリギリの所で重なる事はなく、身長差があった為に秋山さんが高く上げた手は、僕の頬をはたく結果となった。

「いった！」

つまり、思いっきりビンタを食らったのだ。頬がジワーッと痺《しび》れている。

「ああっ、ごめんなさい！」

これで僕は今日何回、秋山さんに謝られたのか、このクイズには自分でも答えられる自信はない。

素敵な女性である秋山さんと知り合えたのは紛れもなくハッピーだったが、やっぱり最後には、不運に見舞われてしまうのは変わらないみたいだ。

「大丈夫ですか、浦田さん！」

「だ、大丈夫です……」

果たして僕の選択は合っていたのだろうか。大学と家を往復するだけの退屈な毎日を過ごすよりも前向きにネガティブしてみると、よっぽどマシだと思った。

フルールで秋山さんの天然ポカに振り回される方が、店のカウンターに目を向けると、先ほどまで抱えていたタンポポの花が目に入る。

思えば、フルールへ最初に入るきっかけとなった、道しるべの花だ。その黄色の花弁の一つ一つが、外から流れ込んできた風を受けて小さく揺れている。

タンポポの綿毛は、風に乗って十キロほど空を飛ぶと秋山さんは言っていた。たぶん僕も、その綿毛と同じようなものなのかもしれない。

きっと春の偏西風に導かれて、この店に舞い降りたのだ。

きっと、そうだ。

1½輪目　パキラのぱっきー

「それで、君はなぜここに来たんだね？」

僕の目の前で、床に寝転がる大柄な男がゆっくりと口を開いた。

「いや、そのバイトの面接に……」

その男の名は、秋山守《まもる》。つまり秋山さんの父親であり、この店の店長だ。

「ああ、そうだったな、うちの面接に来たんだったな」

守さんは、床に肘をついて涅槃仏《ねはんぶつ》のような姿勢のまま、こちらをぎろりと睨むように見上げている。そんな不可思議な姿勢でいるのも腰痛が原因だ。座っているよりは寝転がっている方がマシらしい。

僕は正座のまま、その正面に座っている。そろそろ足が痺《しび》れてきていたが、言い出せそうもなかった。なぜ僕がこんな状況にいるのか、それは今日、フルールのバイト面接に来たからだ。

先日、偶然この花屋、フルールを訪れた僕は、岩国のスイートピーにまつわる出来事に巻き込まれた。

それから見事にその一件は無事に解決を迎えたが、その去り際、僕は秋山さんにフルールで一緒に働かないか、と打診《だしん》をされたのだ。そしてなんやかんやがあって、今の状況に至っている。

秋山さんは、普通の人ではありえないような天然ポカを何度も引き起こす人だが、そんなマイナスを吹き飛ばしてしまうようなポジティブさも併せ持っていた。それになんといっても、花に関する並外れた知識と、時折周りをハッとさせるような、推理力と洞察力の持ち主でもあったのだ。当の本人は、店内で呑気に花の水やりをしている。子供のように表情がコロコロと変わる人だが、今は穏やかな顔を浮かべていた。

そして僕は、その店内の奥の方で、守さんと向きあっている。間には僕の履歴書が一枚、ひらりとはためいていた。

「浦田公英君ねえ、それで君はなんでうちで働きたいと思ったのかな？」

守さんが履歴書を眺めながら、高圧的な態度で質問をぶつけてくる。

まず、こんな面接になるなんて思いもしなかった。だって昨日の話では人がいなくて困っているのだから、面接なんて顔合わせみたいなものだと、秋山さんから聞いていたのだ。これでは圧迫面接じゃないか。

「えっと、その昨日、この店に来ましてそれで、秋山さんに誘われまして……」

「ふんっ、自らの意志ではないのかな？」

「い、いえ、そういう訳ではなくて、自分自身、フルールで働きたいと思っています！」

「最近の子はきつく言うとすぐに辞めちゃうからなあ、あんまり信じられないなあ」

僕もどちらかと言うと、こんな厳つい人が花屋をやっているのが信じられなかった。というよりもむしろ、この人が秋山さんと親子であるという事実の方が受け入れられそうにない。

「さてはお前、まさか瑠璃が目当てで働く訳じゃないだろうな？」

守さんの瞳がいきり立った猛禽類《もうきんるい》のように、ギロリと動く。

「そ、そんな訳ありませんよ！　僕は純粋に花に興味をもちまして……」

本音を言うとその気が少しもない訳ではなかったが、そんな事を打ち明けられるはずもなかった。しかし、逆にその言い方が守さんの神経を逆撫でしてしまった。

「うちの娘に魅力がないって言うのか！」

「そ、そんな事ないです！　凄い素敵な方です！」

「なんだと！　やっぱ色目を使ってるだろ！」

「い、いや、だからそれは違くて……」

どうすればいいのか、何を言えば正解なのか。むしろ何を言っても不正解になってしまう気がする。

「ふんっ、まあ若い男はうちも欲しいと思ってたからな、免許も持っているみたいだし……しかしなあ、いいか、花屋といったら華やかな仕事に見えるかもしれないが、実際力仕事はたくさんあるぞ、水をたっぷり吸った花の重さを分かってないだろ。それが仕入れの時は箱いっぱいに入ってるんだぞ」

「は、はあ……」

「体力テストが必要だな、よしっ、スクワットやってみろ」

「えっ」

「ほら、いいからやれ！」

「は、はい！」

慌てて立ち上がって、スクワットの姿勢をとる。じんわりと足が痺れてきてよろめきかけたが、なんとか体勢を保った。そしてスクワットを始める。

それから二十回ほど深く腰を下ろした所で、ようやく守さんが「やめっ」と言ってくれた。

「よし、ひとまず体力テストは通過だな、もっと鍛えとけよ」

「あ、ありがとうございます……」

なんとか呼吸を落ち着かせながらまた元の位置に戻る。花屋の面接に体力テストって一体……。

花屋の面接として明らかに異常であるのは間違いない。それに大体肘をついて寝転がった大人の男の前で、じっと正座をして話を聞いているのも奇妙な光景だ。傍から見ればもはや怪しい教祖に、教えを請うているようにも見えるだろう。

「なあ浦田君、花とはなんだと思う？」

教祖から質問が飛んできた。

「は、花とは、ですか？」

「ああ、そうだ」

花屋の面接で、こんな哲学的な質問が待っているとは思わなかった。というか一つも想定していたような出来事が起きていない。そもそも花とは、なんてそんな存在意義についてまで考えた事は今までにない。

守さんは本気の眼をしている。花とは、植物が有性生殖を行う為の生殖器官である、なんて百科事典的な答えを期待している訳ではないのはありありと分かる。

「ええと、その……」

悩みながら頭の中で、花に想いを寄せてみた。けどこれといって、人生において、花が必要だ、なくてはならない、なんて思った事もない。植物の中でも、他の食べられるようなものであれば、人間が生存する上で不可欠なものにもなるが、花はどうなのだろうか……。

「花は別に無くても良かったと……」

「ああん？」

守さんの視線が、バチバチと火花が起きそうなほどにきつくなった。

「いえ、その、前まではそう思っていたんですけど……なんか今は、といっても昨日からなんですけど、実は結構大切なものなんじゃないかって……、花が人を救ったりする事もあるんじゃないかと……」

おそるおそる守さんの顔を見る。眉間《みけん》には、辿っていくと一分くらいは迷路として楽しめそうな深い皺《しわ》が刻まれていた。まずい。守さんの琴線《きんせん》に触れるような事はやはり言えなかったみたいだ。このまま、面接にも落ちてしまうのか。

そんな不安な気持ちに駆られていたが、突然守さんは白い歯を覗かせてから、目を線のように細くしてニコッと笑った。

「良いじゃないのー！　うらてぃー！」

「へっ？」

目の前の守さんが、さっきまでとは別人のような、和やかな表情を浮かべている。

「うらてぃー、騙《だま》してごめんなあ。ちょっと俺も厳しい父親を一度でいいから演じてみたくってさ。憧れるじゃん、そういうの」

守さんが腰に手を当てて「いててっ」と言いながら、ゆっくりと体を起こし始める。

「あの、さっきからうらてぃーってのは……」

「あだ名だよ、あだ名、浦田だかららうらてぃーな」

「は、はあ……」

さっきまでとのあまりのギャップに戸惑いを隠せなかったが、少し納得もしていた。やっぱり秋山さんの父親なのだ、この人もなかなかの変わり者なのだろう。

「よし、それじゃあ後は、瑠璃にみっちり仕事を教わってこい！」

「は、はい！」

守さんが僕の肩をバシッと叩く。それを合図に僕も秋山さんのいる店内へと出た。

店の中では秋山さんがまだ水やりをしていた。まるで赤子にミルクを与えるように、丁寧に水をあげている。その所作だけでも、花への深い愛情が感じられた。

僕は、秋山さんと出会った時を、また思い出していた。

そう、僕は最初、この姿に目を奪われてしまったのだ。

「ぱっきー、良いお天気だね、ほらお水だよ」

静かな店内に、その柔らかな声が響く。

他の人が植物に水をあげる時に話しかけたりしていたら、この人どっかおかしいんじゃないかと思ってしまうが、秋山さんがそれをやっていても驚きはなかった。それに名前をつけていた事にも。

ぱっきーと呼ばれたその植物は、しっかりとした幹に、青々とした緑の葉をつけた、卓上に置いても良さそうな見た目の良い観葉植物だった。

するとそこで、後ろからその光景を見守っていた僕に、秋山さんが気づく。

「あ、えーと、うら……」

秋山さんが、思案顔になって首を少し傾げる。

どうやらまた僕の名前を忘れてしまったようだ。確かに今日でまだ会って二日目。人の名前を覚えるのが苦手な秋山さんにとっては、難しかったのかもしれない、昨日だって浦川だの、浦島だの散々間違えられていたのだ。でもどこか寂しい心地もする。そこでなんとか思い出すのを期待して、すぐに答えを明かさなかった。

「えっと、うら、うら……ウランバートルさんでしたっけ？」

「ふざけてますよね！　外国人じゃないんだから！　というかモンゴルの首都ですよね、ウランバートルって！」

「えっ、あっ、ごめんなさい！　なんか花の名前をたくさん見ていたら洋風の名前に囚われてしまって……」

思わず声を荒らげて突っ込んでしまった。かけ離れ過ぎるにも程がある。

「浦田です、浦田公英です！」

「そうでした！　浦田さん、たんぽぽさんですもんね」

全てを思い出したかのように、秋山さんが屈託のない笑顔を浮かべた。

すぐにそんな表情を見せるのは、正直ずるいと思う。これ以上怒る気すら湧いてこなくなってしまうのだから。

「これからフルールで一緒によろしくお願いしますね」

「こ、こちらこそよろしくお願いします」

秋山さんがぺこりと頭を下げたので、僕も合わせて頭を下げる。

やはり、元々採用されるのは決まっていたみたいだ。あの常軌《じょうき》を逸《いっ》した面接は、守さんの遊びで始めた事なのだろう。

「それじゃあ、せっかくですから水やりをしてみましょうか」

「あの、一つ聞きたいんですが、さっきこの観葉植物をぱっきーと呼んでませんでしたか?」

「み、見てたんですか」

「見てたというか、見えちゃったというか……」

「いえ、この植物はパキラという名前なので、ぱっきーと呼んでるんです。観葉植物とかだと売れないまま店にずっと残っている子も多いので……」

秋山さんが恥ずかしそうに照れ笑いをする。確かに切り花などは、期限が来れば廃棄せざるを得ないが、観葉植物なら売れるまで店でずっと育てておけばいいのか。あだ名まで付けられている事からしても、このパキラは長い間フルールにいるのだろう。

「……もしかして、名付け親は守さんですか？」

「良く分かりましたね、浦田さん！」

秋山さんが目を輝かせて、拍手をする。推理は正解だった。うらてぃーとかぱっきーとか、似たようなあだ名をつけるセンスにきな臭さを感じたのだ。

「それじゃあ私は他の仕事に取り掛かるので、まずはここから水やりお願いしますね」

秋山さんは僕に水差しを手渡すと、店の奥へと歩いて行った。

これが一応僕にとっての、フルールでの初仕事になる訳だ。そう思うと、水差しを持つ手にも力が入る。それから隣の鉢の花の上で、ゆっくりと水差しを傾けた。

水差しの先から、柔らかなシャワーのように水が零れ落ちていく。それをじっと見つめていた。もしも、時折雨を降らせる天気の神様なんて居たら、こんな気持ちなのだろうか。こうやって水をあげているだけでも、少しずつ目の前の花達に愛着が湧くような気がしていた。

秋山さんは、その愛着がもはや、愛情にまでなってしまっているのだろう。だから名前を付けたりして、話しかけながら水をあげているのだ。

僕もそんな風に水やりをする時が来るのだろうか、いや、花屋の店員にもなった訳だし、これからはそういう風に接していくべきなのかもしれない、とも思う。

「……これで、よしっと」

言われた箇所の水やりを終えて、一息ついた。それから辺りをきょろきょろと見回す。ひとまず、誰も見ていない事を確認したかった。

今ならできるかもしれない。似た名前の響きを持つうらてぃーとして、ぱっきーに愛を持って話しかけてみようと思ったのだ。そして、パキラの前で立ち止まる。

「ぱっきーね……」

葉にまだ水が滴っている。潤いと一緒に元気も取り戻しているようだった。その小さな鉢を持ち上げて、じっくりと眺める。

「……ぱっきー、これからよろしく」

小さな声で、ペットの犬か猫に話しかけるように喋りかけてみた。といってもペットを飼った事はないけれど。

でも、なんだか少し話しかけてみて、言葉が通じるような気もした。植物だって生きているのは事実だし、音楽を聴くと成長にも良いなんて話もある。部屋のぬいぐるみなんかに話しかけるよりは、よっぽどありなのかもしれないと思った。

その時、後ろでバンッと何かが倒れる音がした。

「なっ……」

僕が慌てて振り返ると、そこには秋山さんと守さんがいた。どうやら音の正体は、秋山さんが傍にあったホウキを倒したからのようだった。

「うらてぃー、植物への愛がこもっていていいねえ」と言いながら、せせら笑うような顔をしたのは守さん。

「えっ、あっ、今のはそんなんじゃなくて！」

慌てて取り繕うが、それも無駄だった。

「照れなくていいですよ、浦田さん」

ホウキを元の位置に戻しながら、秋山さんもニコニコと笑っていた。

出勤初日から、なんとも見られたくない所を見られてしまった。自転車を漕ぎながら熱唱しているのを、同級生に見つかってしまった気分である。要するに恥ずかしい気持ちでいっぱいだ。

「まいったなあ……」と、一人小さく呟く。

出来心から思わぬ目に遭ってしまった。僕が少し非難する気持ちでぱっきーを見つめると、上の葉に残っていた水の滴が垂れて、下の葉がブルンッと揺れた。

それがまるで笑っているようにも見えてしまったのだから、僕自身、早くも愛情が湧いてきているのかもしれない。

2輪目　サクラの匂ひ

平年並みの開花発表から一週間が経ち、満開の桜が見頃を迎えていた。

たった一つの花が咲いただけで、ここまで景色が変わってしまうのもこの時節《じせつ》だけだろう。辺りの街並みは、朱《しゅ》と白の絵の具を落として、まだらに混ぜ合わせたような色に姿を変えていた。

その色を写し取ったかのように、隣の秋山さんも頬をほんのりと上気させて、桜を見上げている。この季節を心待ちにしていたようだ。花好きにとってはまた特別なものに違いない。きっと、花より団子なんてことわざも、全くピンと来ないのだろう。

「やっぱり桜は日本の心ですねぇ……」

秋山さんが視線を上に残したまま、しみじみと言った。僕も倣《なら》って目線を上げる。空を覆い尽くすように、花びらが幾重にも重なり合っていた。そのわずかな隙間から顔を覗かせる空の青々しさが、ますます桜の色鮮やかさを際立たせている。

かれこれ僕がフルールで働き始めて三週間が経っていた。最初にフルールにやって来たのはただの偶然だった。それから突然、岩国の事件に巻き込まれ、いつの間にか次の日にはアルバイトの面接を受けていた。そして今や花屋の店員として毎日のように働いているのだから、自分としても不思議な感覚である。ここ三週間は新しく覚える事も多く、目まぐるしく日々が過ぎていった気がした。

今は、店の休憩時間を使って秋山さんと二人、近くの公園へと繰りだしている。公園には、木の下でレジャーシートを敷いてお弁当を食べている人や、犬の散歩をしながら写真を撮っている人も居た。近くではプードルが暖かな日差《ひざ》しを受けながら、ゴムボールを夢中で追いかけている。

「秋山さん、この桜はソメイヨシノですか？」

近くの桜を指差して尋ねると、秋山さんは顔の前で小さな拍手をしてくれた。

「よく分かりましたね、浦田さん！」

まるで出来の悪い生徒が、初めてテストで百点満点を取った時に褒めてくれる先生みたいだった。それほどの満面の笑みで言われると、元々知っていた桜の種類が、ソメイヨシノだけとは、今更言い出せない。

「はは、まあ……」

この先ボロを出さないように、もう余計な事は何も言わない方が良いだろう。沈黙は金、とはよく言ったものだ。

「それではこちらの桜はなんだか分かりますか？」

無駄な抵抗もむなしく、金のメッキは剥がれ落ちて、ボロが出てきてしまいそうだ。ここから雄弁《ゆうべん》は銀、になり変われるような術も持ち合わせていない。

「えーっと、そうですね……」

なんとか当てずっぽうで正解しようとして、ソメイヨシノと見比べてみたが、違いは、葉が所々に付いているくらいしか見当たらなかった。ただ単にこの一本が、まだ満開を迎えていないソメイヨシノなのではないかと思えてくる。

「むむっ、さては……」

「な、何か分かったのですか」

一つ、閃《ひらめ》いていた。これはひっかけ問題なのではないか。実は二つとも同じものを比べさせて、秋山さんは僕を試したのではないかと。

「……ふふっ、これもソメイヨシノですね」

「ぶぶー、これはヤマザクラです。やだなあ、浦田さんったら、同じソメイヨシノなら問題にする訳ないじゃないですか」

無駄な深読みのせいで、結果的に更なる恥をかいてしまった。三流探偵が推理を披露した後のような、したり顔を慌てて引っ込める。

「……すみませんでした」

「見分けるポイントがあるんですよ、例えばあの桜はオオシマザクラというものです」

秋山さんが歩き始めてから、今度は公園の入り口にある桜を指さした。僕はもう完全に醜態《しゅうたい》を晒した後なので、社会科見学に来た小学生の如く、質問をする側に回った。

「どこで見分けるんですか？」

「まずソメイヨシノの大きな特徴は、葉が出る前に綺麗に花だけが満開になって咲くことです。その為の見栄えの良さが、人気の一つですね。かたや、ヤマザクラとオオシマザクラは、花と葉を同時に付けるんです」

「なるほど、これが満開の状態なんですね……」

最初に僕が、葉が付いているのに注目したのは悪くなかったようだ。でもそこでまた新たな疑問が湧く。

「じゃあヤマザクラとオオシマザクラはどうやって見分けるんですか？　同じく花と葉を同時につけるんですよね？」

「花と葉の色です、ヤマザクラの花は紅色と白色が混ざったものが多く、葉の色も赤茶色ですが、オオシマザクラの花の色は白色で、葉は緑色です。この辺りに注意して見ると、今ここにある代表的なものだけですが、桜を見分けられるんですよ」

「はぁ、そうだったんですね。桜はみんなソメイヨシノだと思ってました」

「な、何を言っているんですか！」

「す、すみません」

さすがに浅学《せんがく》を晒しすぎて、秋山さんのセンサーに引っかかってしまったようだ。秋山さんが、目の前にパワーポイントの資料でも広げているみたいに、躍起になって説明を始める。花の話題となると熱が入った口調になるのはいつも通りだ。

「全然違いますよ！　確かにソメイヨシノは日本にある桜の約八割を占めるとも言われていますが、そもそもソメイヨシノは園芸品種、オオシマザクラとヤマザクラは自生種なので、根本的な違いが……ふがっ！」

突然秋山さんの声が止んだ。夢中になって喋りながら歩いていたせいで、沿道の桜の木にぶつかってしまったのだ。おでこに手を当てて、うずくまっている。こんな天然ボケを繰り返す所まで、悲しいまでにいつも通り平常運転だ。

「だ、大丈夫ですか？」

「大丈夫ですか⁉」

「はっ？」

言葉をおうむ返しされてこっちが戸惑った。もしかしてどこか当たり所が悪かったのだろうか。

「桜の木が折れたりしてませんか⁉」

秋山さんは自分の身よりも、桜を案じていた。これも相変わらずの調子である。

「だ、大丈夫ですよ、秋山さんがぶつかったのは、太い幹の部分ですから」

「それなら良かったです……」と言って、秋山さんはおでこをぶつけた幹をさすった。

「……そろそろ店に戻りましょうか、もう休憩時間過ぎてますし」

「そう、ですね……そろそろ戻った方がいいかもしれませんね、確かにその方が良いかとは思います、うん、戻りましょう……」

秋山さんは回りくどい返答をしながら、名残惜しそうに桜の木を見つめ続けていた。まだここに居たい。という強い意志がその目を通して伝わってくる。桜の枝から手が伸びていて、後ろ髪でも引っ張られているのではないかとさえ思える。

「秋山さん、行きますよ」

「はぁい……」

秋山さんはようやく歩き出したが、その足取りは、ストリートパフォーマーが時折見せるスローモーションの動きみたいに、一歩一歩が遅い。正直、やる事が子供じみている、困ったものだ。

呆れ顔のまま公園の方を見ると、さっきゴムボールを追いかけて、芝生を走り回っていたプードルが目に入った。そろそろ散歩の時間も終わりのようだったが、まだ帰りたくないと、首輪が抜けそうなくらいに、飼い主のリードを引っ張って駄々をこねている。その姿を見て、「プードルと秋山さんそっくりですよ」と言おうかと思ったが止めておいた。

それからいつもの倍近い時間をかけて、フルールへと戻った。ようやく店先の花々の出迎えにも慣れてきた気がする。辺りを見回したが、店内に守さんの姿はなかった。けれど、店の奥から声が聞こえてきた。

「だから、うちの店の場所は賃貸だって言ってるだろ、他に土地あったらさっさとそこで店広げてるっての！」

守さんは、店の奥で電話を受けていた。その口調から察するに、相手はお客さんではないみたいだ。

「もう切るぞ、うちに今後一切、営業の電話はいらないからな！」

ガチャンと受話器を置いてから、守さんはカウンターの前へと戻ってきた。やや機嫌は悪そうだったが、僕達を見つけると、いつもの表情に戻った。

「おう、帰って来たか、遅かったな」

「なんの電話だったんですか？」

僕が尋ねると、守さんは再び渋い顔を見せた。

「土地買い取りの営業だよ、ここらの地価は、最近の開発やら周りの施設とかの影響でまだ上がってるみたいだからな、こんなもんまで入ってたよ」

守さんがポケットから一枚の紙を取り出す。土地の買い取り営業のチラシだった。

「余っている土地があったらお売りしませんか、だとよ。うちが賃貸だと知らなかったんだろ、ったく、どっと疲れたぜ」

ぶつぶつと不満を漏らしながら守さんは、僕の傍にやって来た。そして目の前でハイタッチを要求するように、片手をスッと挙げた。

「という訳で、うらてぃー、バトンタッチだ」

僕も手を上げてから、掌をバシッと交わすと、守さんは、がはは、と笑った。三国志のどこかの武将みたいな、豪快な笑い方だ。『うらてぃー』というニックネームも面接の時に勝手に付けたもので、今までにそんな呼び方をする人も他にはいなかった。

「は、はあ、バトンタッチですか」

「バトンタッチって、お父さんどこに行く気なの」

秋山さんが不穏な空気を察知して、話に割り込む。すでにその視線は父親に向けるものではなく、詐欺師か何かに向けるような眼差しだ。

「動物園だよ、数学の勉強ができる動物園」

「どうせ競馬場《けいば》でしょ！　馬しかいないじゃない！」

「いやほらさ、ここ最近行ってなかったしさ、お願い瑠璃ちゃん、今日もう配達もないし」

守さんが顔に似合わぬ猫撫で声を出して秋山さんに頼み込む。未だによく二人のパワーバランスが分からない、たぶんギャンブルに関しては、また別の話なのだろうが。

「うーん……でもまた、腰痛が出たりしたらどうするの」

「大丈夫、大丈夫。俺が馬に乗る訳じゃないんだからさ、すぐそこの船橋競馬場だし。それに瑠璃だってあんなに長い間、桜を見てたんだしずるいじゃないか、おれだって馬を見る権利があるぞ」

「う、そ、それはそうだけど……」

そこを突かれると秋山さんも弱いみたいだ。急に口ごもってしまう。

「よし、決まりだ、じゃ、行ってくる！」

「お金賭けちゃ駄目だからね！　そんなお金ないんだからね！」

「はいはーい、見るだけ見るだけ」

ルンルンと歩き出した守さんに、その言葉が届いているようには思えなかった。まず返事を二回も繰り返すあたり、全く聞いていない証拠だ。大体、ギャンブル好きが競馬場に行って、賭けないで帰って来るなんて無理に決まっている。秋山さんも、半ば分かっていて諦め半分で言っているのかもしれない。

「全くもう……」

秋山さんは、少しほっぺたを膨らませたまま、カウンターの中へと入った。でも、ギャンブルに行けるくらいまで、守さんが回復したのはひとまず朗報でもある。腰痛は季節の変わり目が一番酷いらしく、最近は大分良くなってきたみたいだ。まあ、その予定だと夏のはじめには、また腰痛が出てくるという計算になるのだが、そういうネガティブな予測は心の中にしまっておく。

「いらっしゃいませ、フルールへようこそ」

秋山さんが声のトーンを一つ上げて、店の入り口へと向かって声をかけた。新しいお客さんが入って来たみたいだ。続いて、僕も声を出す。

「こんにちは、いらっしゃいませ」

入口に立っていたのは、五十歳くらいの女性だった。ベージュのコートを着て、薄い茶色のスカーフを巻いている。それに細いフレームの眼鏡がパッと目に入った。

「うーん、どうしようかしら」

女性は、花の前で悩みながら頬に手を当てていた。その様子を見て、秋山さんが颯爽《さっそう》と声をかける。

「何かお困りですか？」

「年配の女性が喜ぶような花ってあるかしら、母にあげようと思っているんだけど」

「そうですね、年配の方でしたら、ガーデニングや庭いじりをするのが好きな方も多いので、花束やブーケではなく、ポット苗の花を買うというのも良いかと思います」

「そうね。実家は庭も広いし、良いかもしれないわ。今は何があるかしら」

「今の季節でしたらネモフィラや、芝桜《しばざくら》などお勧めですね」

「あら、うちの母は桜が好きだから、芝桜良いわね」

「そうなんですかぁ！」

秋山さんが一オクターブ明るい声をあげた。花好きな人の話を聞いただけで、嬉しくなってしまったのだろう。でも続く相手の言葉を聞いて、急に勢いをなくしてしまった。

「あっ、でもね、最近桜が嫌いになったかもしれないのよ」

「……どういう事ですか？」

秋山さんが、神妙な面持ちで尋ねる。

「ちょっと聞いてくれる、あなた……」

と、女性が話の前置きをした時、また新たに店内へと人がやって来た。

「おーい、瑠璃ちゃん」

大谷だった。ニッと笑って秋山さんに向かって手を振る。

「あっ大谷さん、こんにちは」

秋山さんも手を小さく振り返す。果物も何も持っていないのを見ると、ただ単に暇をつぶしにやって来たみたいだ。

「おっ、浦田君もいるじゃんか」

「ど、どうも」

「どう、仕事には慣れた？」

「ま、まあ少しずつですが……」

大谷とは、もう何度か顔を合わせていた。定期的に果物を持って来たり、秋山さんと話しにふらりとやって来たりしていたからだ。

僕がフルールで働き始めると知った時、大谷は誰よりも驚いていた。意外そうにまじまじと顔を見つめられたのを、今でも覚えている。

「あれ、岩井さん何してるの？」

大谷が眼鏡をかけた女性に向かって言った。どうやら面識があるみたいだ。

「あら、どうも」

「二人はお知り合いなんですか？」

「うちのお得意さんでね、ほら、あの豪邸に住んでる、幸田《こうだ》さくさんと、竹雄《たけお》さんなら瑠璃ちゃんも知ってるでしょ。岩井さんはあそこの娘さん」

「あっ、さくさんの！」

相手の事を思い出したみたいで、ポンと手をつく。秋山さんが覚えている人物が居たなんて、かなり貴重だ。

「ええ、岩井真智子《いわいまちこ》と言います。今は結婚して蘇我《そが》に住んでいるので、もうこっちで一緒には住んでないけどね。いやね、こっちには時折様子を見に帰って来るんだけど、その母の事を話そうと思っていたのよ」

「さくさんがどうかされたんですか？　ご主人の竹雄さんと一緒に当店にもよくいらっしゃっていたのですが……」

「ちょっとね、何か最近おかしくなっちゃったのよ。実家の庭には、立派なソメイヨシノの木があってね、その桜が満開になる頃には、毎年親族や近所の人で集まって、テラスから花見をしていたんだけど、それが去年から急に無くなっちゃったの。それもうちの父が入院してからの話なんだけどね」

「そうだったんですか、竹雄さん、入院されていたんですね……」

秋山さんは、自分の事のように悲しそうな表情を見せる。あの秋山さんがしっかりと相手を覚えていたのだから、店に何度も足を運んでくれた人なんだろうと想像がついた。

岩井真智子は、そのまま話を続ける。

「父が入院してから、私も母と喧嘩が増えちゃってね、まあ昔から母とはすぐに感情的になって衝突する事も多かったんだけど……」

「すみません、さっきの、母が桜を嫌いになったかもしれないというのは？」

僕が間に割って質問を挟むと、待ってましたとばかりに再度、口を開いた。

「そうなのよ、急に庭の桜に変な袋を巻きつけたりするようになっちゃったのよ、大金出して業者まで呼んでね。おまけに通りからは木が見えない様に、塀の上に黒い幕を掛けたりし始めるし、毎年桜が咲くのを楽しみに待ってたはずなのに、何を考えてるのか

「冬の寒さから木を守る為、とかじゃないんですか？」

「だったら、桜が満開になるこの季節まで巻いてたりしないでしょ、今だってずっとそのままなんだから。それに桜に近づいただけで怒鳴り出すんだからね」

「そ、そうですね……」

岩井真智子の剣幕に押されて、すごすごと引き下がる。

「……確かにさくさん、最近ちょっと様子がおかしいみたいなんだよなあ」

それまで静観していた大谷が、やや眉をひそめながら喋り始める。

「この前うちの店にもフルーツを買いに来たんだけどさ、誰も乗っていない車いすを押してやって来たんだよ、手押し車とか、杖じゃなくてさ。それに他のお客さんからも聞いたんだけど、この前さくさんの家の前を通った時に、たき火をしていた訳でもないのに、煙が上がってたのを見たっていう変な話もあってさ。ここ最近ご近所トラブルも多いみたいだよ」

ここまで聞く限り、幸田さくという人物は、かなり変わった人のようだ。むしろ危険人物。また僕の中の敏感な危機回避本能の信号がピピピと鳴って、関わりを避けようと強く望んでいる。

「昔から気丈《きじょう》で涙一つ見せない、頑固な人だったからね。それにもう、歳も歳もだから、たぶんボケてきちゃってるのよ……でもね、大事な親には変わりないわ、できればまた前みたいに、仲良く過ごして一緒に桜を見たいと思っているのよ」

秋山さんは、うんうんと頷いていてその話を聞いていた。まるで幸田家の孫の一人かのように、感情移入している。

この先の展開に一抹《いちまつ》、いや二抹、三抹の不安を覚えた。もうこの問題にノータッチでいられそうな気がしない。

そして遂に、岩井真智子は決定的な提案を秋山さんにした。

「……あの、もし良かったらあなた達がうちの実家に行って、母と少し話をしてもらえないかしら、私が顔を合わせるとすぐにまた喧嘩になってしまうし、あの人は花が好きな人間を好むから」

「勿論です、是非行かせてください」

即答だ。秋山さんには微塵の迷いもなかった。判断をするのにももう少し悩んでほしい。せめて僕が「ちょっと一旦考えましょう」とか一言、言うくらいの猶予が欲しかった。確かに秋山さんが花に関する話で、何かを断るとは考えられなかったが。たぶん、もうその桜の木の事で、頭がいっぱいになってしまっているのだろう。

「そうだ、もしも行くなら二人とも、うちに寄っていってよ、前にさくさんが買っていった甘夏をお土産に渡すからさ」

「嬉しいわ、うちの母は柑橘《かんきつ》系の果物が好きだから」

「ありがとうございます大谷さん、さすが気前良い！」

「えへへ、よせやい」

場に完全に取り残されていたが、もう口を挟む隙間もないみたいだ。というか、幸田の家へと赴くメンバーに、勝手に勘定《かんじょう》されているらしい。どうやら不安な思いは見事に的中してしまった。一応、無駄だと思うが最後の抵抗をしてみる。

「でも、ほら店番がありますし、僕は店に残っていた方が……」

そう悪あがきを言いかけて、その先の言葉は喉の奥のあたりで止まってしまった。店の中へと入ってくる、ある人物が目に入ったからだ。

「いやー財布忘れちまったよ、がははははっ」

でかい声が店内に響く。

守さんだ。なんて間が悪い。やっぱり僕は、こういう小さな不運に見舞われる星の下に生まれているみたいだ。

「まいったまいった、早く戻らねえとレースが始まっちまう……って、どうした店先で話し込んで」

その姿を見て、秋山さんが小悪魔のような笑みを浮かべる。唇の間から覗いた犬歯が一瞬、ドラキュラの牙のようにも見えた。確実に、あれは良い獲物を見つけた時の顔だ。

秋山さんは、ひょっこり手を挙げて、守さんの掌をバシッと叩く。

「はいお父さん、バトンタッチ」

「えっ、えっ、何？」

守さんは突然の事に、全く訳が分からず戸惑っていた。なんでこのタイミングで帰ってきてしまったんだ、と問い詰めたくもなったができる訳もない。

「これからちょっと花についての頼まれ事があって、浦田さんと一緒に行ってくるね」

「えっ、なんなの、どういう事？　競馬は行っちゃ駄目なの？」

秋山さんはルンルンと歩き出していて、もう守さんの言葉を聞いてなんていなかった。それにまだ店内に残ったままの大谷と岩井真智子を気にもせずに、店頭に並べられた芝桜の前で、どれを持っていこうかと考え始めている。

もうこうなったら誰も止められる人はいない。たぶんそれは守さんがよく分かっているのだろう。「全くどうなってんだよ……」と、小さく呟きながら店の中へとすごすご戻っていった。見た目は全く似ていないけれど、中身は全く一緒だ。好きなものへは一直線、その分周りの事がおざなりになってしまう。

その光景を見て、「守さんと秋山さんって、似たもの親子ですね」と少しは憎まれ口でも言おうかとも思ったが、また止めておいた。

フルールから車で数分走り、幸田家近くの通りへと来た。歩いて来れない場所でもなかったが、秋山さんがやたらと車で行きたいと言い出したので、そうせざるを得なかったのだ。わざわざそんな風に言い出すのも珍しかったが、まぁ僕としては、結局行く事には変わりないのだから、どちらでも良かった。

◆

近くの駐車場に車を停めた後、芝桜が入った袋を提《さ》げ、幸田家へと向かう。場所は岩井真智子に教えてもらっていたので、すんなりと辿り着けた。

入口には門があり、横には高い塀《へい》が続いていた。その構えの迫力に正直、萎縮してしまう。塀に沿って視線を送ると、黒い遮光《しゃこう》の幕が掛けられた箇所があった。たぶんあそこに桜の木があるのだろうが、通りからはその姿を確認できなかった。

「……それではインターホン、押しますね」

秋山さんも少し緊張しているみたいだ。口数がいつもより少ない。人差し指を立ててスイッチを押すと、ピンポーン、と品のある音が響いたが、その音が鳴り終わってから十数秒が経っても、家の中から応答はなかった。

「出ませんね……」

秋山さんは、念の為にもう一度押してみたが、それでも出ない。

「やはり留守みたいですね」

「うーん、それか庭に出ていて聴こえなかったとかですかね……」

そうは言ったものの、外からは中の様子を窺《うかが》えず、現状ははっきりとしなかった。塀から顔を覗かせたいが、秋山さんは勿論、僕の身長でも少し足りない。

「……ちょっと浦田さん、あの、一つお願いしてもいいですか？」

秋山さんが申し訳なさそうにこちらを見る。秋山さんも中の様子を知りたいと思っているのは明白だ。それならば、もう選択肢は一つ。肩車《かたぐるま》でもするしかない。たぶん秋山さんはそのお願いをしたいのだろう。きっとそのはずだ、もしかしたら違っているかもしれないが、この場はそうしておこう。やや密着した体勢にはなるが、それもやむを得ない。うん、本当にやむを得ない状況なのだ。

「大丈夫ですよ、秋山さん」

僕は相手に恥をかかせない為にも、スマートに身をかがめて、秋山さんに背を向けた。決して早く秋山さんに触れたかったから、という邪《よこしま》な理由ではない。

「すみません、ありがとうございます」

秋山さんが僕の後方で、そう言ってから、若干の間があった。やはり多少の恥じらいがあるのかもしれない。僕も僕なりに心を落ち着かせようとしていたが、その直後、背中に強い圧を感じた。

だった。

「うっ」

その圧の正体は、秋山さんの足の裏だった。秋山さんは肩車ではなく、僕を踏み台にして上に立とうとしていたのだ。若干の間があったのは、ただ単に靴を脱いでいた時間だった。

「ちょ、ちょっと待ってください！」

僕の狼狽《ろうばい》ぶりを見て、秋山さんは慌ててその場から下りた。

「ご、ごめんなさい！　お、重かったですか？」

「いや、その、重かったとかじゃなくて、ただ単に予想外で……」

イレギュラーな事態に頭がパニックになってしまった。もう秋山さん相手に余計な深読みをするのはやめよう。と、頭の中で整理をつけようとしていたが、場の混乱に追い討ちをかけるように、後方から突如、怒声が響いた。

「あんたら、何をやっているんだい！」

振り向くとそこには、誰も乗っていない車いすを押した老人がいた。その姿を見てすぐに、相手が幸田さく、本人だと分かる。白髪頭に、顔に刻まれた深い皺《しわ》、見た目は小柄なお婆さんだが、その眼は鋭く、内なる胆力《たんりょく》の強さを物語っていた。

「いや、あの、その、僕達は、別に怪しい者では……」

僕がうまく説明できないでいると、秋山さんが割って入った。

「今日はお花をお持ちしたんです。娘さんの岩井真智子様からこちらの花をプレゼントしたいと」

秋山さんが店での接客をする時と同じようにてきぱきと言った。天然ボケを繰り返す苦手分野とは違い、お客さんの相手はいつもやっている事とあって、さすがに手慣れたものがある。それからさっきまで僕が持っていた芝桜を、すかさず幸田さくに見せた。しかし、相手の猜疑心《さいぎしん》のこもった目の色は変わらぬままだ。

「……真智子がプレゼントだって、大体あんたらはどこの花屋なんだい」

「フルールです、幕張ベイタウンの中にあります」

「フルール……」

「はい、美浜プロムナードから少し入った通りにあって、海がわずかに見える小さな花屋です」

「……あそこか」

「はい、当店にもさくさんと竹雄さんのお二人で、何度かいらして頂いてますよ」

幸田さくも、フルールを覚えていたようだ。主人の名前が出ると、その堅い表情が、一瞬柔らかくなったような気がする。

「もしよろしかったら、こちらの芝桜の庭への植え替えもさせて頂きますが？」

秋山さんがニッと笑って、笑顔を向ける。

「……ふん、勝手にしな、手間賃は払わないからね」

幸田さくはそう言うと、また車いすを押して、門へと向かって歩き出した。

道のりは前途多難《ぜんとたなん》のようである。この先への不安は、ますます募る一方だが、今はとりあえず、幸田さくと話ができるこの展開を、良しとするしかない。


「煎茶《せんちゃ》だよ、飲みな」

幸田さくが熱い緑茶を淹《い》れてくれた。外はぽかぽかの陽気ではあるが、今はその温かさが身に沁《し》みる。

なぜなら幸田さくの家は、春だというのに窓を開け放ってクーラーを入れていたからだ、換気のつもりなのだろうか。その意図は詳しくは分からなかったが、尋ねる事もできずに、ただ僕は秋山さんと共に、静かにお茶を啜《すす》った。

「……緑茶は日本の心ですねえ」

秋山さんが小さく呟いた。桜だけではなく、緑茶も日本の心の一つらしい。後、他には何がランクインするのか、気になる所でもある。

芝桜の植え替えは、既に終えていた。その作業終わりに、幸田さくが家の中へと招いてくれたのである。芝桜は、例の桜の木から、近い位置に植える事になった。秋山さんは袋を被せられた、その桜が気になるみたいで、しきりに何度も目を向けていた。傍に居た幸田さくにその気配を悟らせない為か、やや遠慮がちに横目で見ていたが、傍から見ると不審者丸出しだった。

庭には他にも多くの花や、立派な松の木があった。手入れは欠かしていないようである。尚更、この中央で桜が咲いていれば見事なものだと思うのだが、今は姿を隠してしまっている。只その近くで同じ名が入った淡い薄紫の芝桜が、ひっそりと揺れているだけだった。

「あっ、そういえばこの甘夏、さくさんが柑橘系の果物がお好きだと伺ったので」

僕は袋の中に入れてすっかり忘れていた甘夏を取り出した。けれどそれをテーブルの上に置くと、幸田さくの顔色が変わった。

「こんな酸っぱいもの好きな訳ないわ！」

「す、すみません！」

反射的に頭を下げる。どうやら大谷と岩井真智子が知っていた情報には間違いがあったらしい。とんだとばっちりを食らう羽目になった。

「その辺に勝手に置いときな！」

それでも結局はもらうのか、とも思ったが、言われるままに従う事にした。台所の辺りを見ると、他にも柑橘系の果物がごろごろと転がっているのが目に入る。確かに家の中にたくさんあるが、食べている様子は全くない。むしろ有り余っているみたいだ。なんでこんなにあるのかも良く分からなかった。

「……あの、そういえばなんで外を歩く時、杖とかじゃなくて車椅子を押していたんですか」

他にも質問はたくさんあるけれど、まず最初に疑問に思っていた事を、恐る恐る口にしてみた。

「車椅子なら疲れた時にいつでも座れるからね、杖の上にはどうやっても座れないだろう、ひっひっひっ、頭が回るね、私は」

魔女が毒の入った薬を作る時みたいな声を出して、幸田さくが笑った。でもどこかそんな笑い声が似合っている気もする。

「はあ、なるほど……」

まだ会ってそんなに時間が経っている訳でもないが、岩井真智子の言っていた通り、幸田さくは、どこかボケている部分があるのかもしれないとも思った。好きでもない果物をいくつも買っていたり、家の中では上着を羽織《はお》りながら、クーラーを点けっぱなしにしていたり、矛盾している点がやたらと目についた。近所の人達とトラブルになっているのも頷ける。

「おいあんた、もう一人の娘はどこに行ったんだい？」

「えっ」

そう言われて隣を見ると、そこに秋山さんの姿はなかった。

「あの小娘、どこ行った！」

幸田さくがいきり立った様子で、甘夏を掴んだまま歩き出した。そして隣の部屋の襖《ふすま》が、少し空いているのに気づき、その引き戸を勢いよく開け放った。

そこに秋山さんがいた。壁にかけられたカレンダーを、興味深げに唇をすぼめたまま、じっと眺めている。考え込んだ時によく見せる表情だった。

「小娘、何をやっているんだい！」

そこはテラスへと繋がる部屋だった。その南側にある大きな窓を開けると、桜の木が丁度、正面に来るようになっている。

ここから満開の桜を見られれば、さぞ圧巻だっただろう。しかし今は木全体に不似合いな袋が巻きつけられていて、その姿を望む事はできない。それになぜか、この部屋は他よりも更に低く、冷房の温度が設定されていた。入ってすぐに、ぶるっと身の震えを感じる。

「あっ、す、すみません！　つい、あの、こ、ここからの、景色が良くて、その……」

秋山さんがごにょごにょと言い訳を始めるが、それをかき消すかのように、幸田さくは声をあげた。

「さっさとここから出な！」

その怒った形相を前に、なんとか話をはぐらかさなければいけないと思った。僕はすかさず、庭の桜についての話題を振る。

「あ、あの、そういえばあれって桜の木ですよね、すごい立派なものらしいですね！　見られないのが残念ですけど……」

「……あんた、うちの桜に興味があるのかい」

幸田さくの目の色がよりキツイものに変わった。もしかして僕は秋山さんを銃弾《じゅうだん》から救うつもりが、自ら地雷《じらい》を踏みにいってしまったのかもしれない。

「いや、その興味があるというか、なんでなのかなあ、と思いまして……」

「あんた、さては真智子に何か吹き込まれて来たね！　そうなんだろ！　最初から怪しいと思っていたんだよ！」

「ご、ごめんなさ……」

と最後まで言い終わる前に、僕の眼前《がんぜん》が黄色く染まった。それから甘酸っぱい匂いがぶわっと広がる。幸田さくの手に握られていた甘夏が、僕の顔面めがけて飛んできたのだ。

なんで僕がいつもこんな目に……。

これが鉄球やいが栗じゃなかっただけマシ、と試しに前向きにネガティブしてみたが、どうも心は晴れなかった。

幸田家を出て、向かった先はフルールではなかった。むしろ日常とはかけ離れた場所だった。今、僕の目の前には右を見ても、左を見ても、どこを眺めても満開の桜の木々が広がっている。

ここは『さくら広場』という場所だ。海浜幕張駅と新習志野駅の中間くらいの位置にあり、五〇〇本以上の桜が植樹《しょくじゅ》され、無料で一般に開放されている。公園の設計は、世界的にも有名な建築家によるものらしい。

さくら広場へ寄って行こう、と言い出したのは秋山さんだった。この場所に来るにはフルールから歩きだと、少し距離がある。頑《かたく》なに幸田さくの元へと、車で行こうと言っていたのはこれが理由だったようだ。最初からここへ寄るつもりだったのだろう。

その事を少し問い詰めようか、とも思ったが、またごにょごにょと言い訳が始まりそうなのでやめた。当の秋山さんは目の前の桜の木を見上げて、うっとりと至福の顔を浮かべている。

「ここにあるのは全部ソメイヨシノなんですね」

僕は、公園に入った時に渡されたパンフレットを見ていった。ここの桜の植え方は、一般的な公園とは違って特徴的だったからだ。等間隔でソメイヨシノが配置され、その足元にはチューリップやスミレなどの色鮮やかな花が咲いている。そして奥には噴水があり、その周りの小高い場所に立つと、園内の桜が一望できるように設計されていた。

「そうですよ！　これだけのソメイヨシノに囲まれるなんて、本当に幸せすぎます」

秋山さんは歩いているにもかかわらず、上を向いたまま返事をする。ちなみに、既にこの公園に来て二回も転びかけているが、未だに上を見るのをやめようとはしない。時折こういう子供じみた所があるから、困ったものである。

「あの、ソメイヨシノの名前の由来ってあるんですか？　人の名前みたいですけど」

素朴な疑問を口にすると、秋山さんは滑らかに僕の質問に答えてくれた。

「ソメイヨシノは、江戸の末期の染井村《そめいむら》の植木屋が、最初に売り出したと言われています。その時には奈良の吉野山の名前を借りて、『吉野桜《よしのざくら》』と名付けて売られていました。しかし実際、本家の吉野山の桜はヤマザクラがほとんどなので、混同して紛らわしい為、問題になりました。そこで後に、染井村の吉野桜という事で、『ソメイヨシノ』と呼ばれるようになったんですよ」

「はぁ、なるほど……でもそこからこんなにも、日本全国に植えられるようになったのも凄いですよね」

「ソメイヨシノは十年も経てば立派な木になりますし、花付きの見た目も豪華なので評判が良かったんです。親だとされている、エドヒガン系の桜の花が葉より先に付いて満開を迎える見栄えの良い点と、もう片方の親であるオオシマザクラの大振りな花が付く点の、良いとこ取りをしているからなんですね」

「なるほど、ソメイヨシノが人気にもなる訳ですね」

「そうですね、寿命が六十年ほどぐらいしかないなどの難点もあったりしますが、こんなにも一斉に同じタイミングで咲いて、一斉に散る壮大な姿を見せてくれるんです。その散り際の美しさもソメイヨシノの良い所だと思います」

「はい、散る姿も綺麗ですよね、つい見とれてしまうというか……」

僕は笑顔になって答えたが、秋山さんは、地面に散った花びらを寂しそうに見つめていた。その瞳は、どこか憂いを帯びている。

「……そんなソメイヨシノを代表とする桜の木々ですが、その散るというイメージの連想から、江戸の武士にはあまり桜は好まれていなかったみたいです。また、戦時中の日本では、兵士は桜のように潔く散るべし、として軍国主義の象徴として扱われていた悲しい過去もあるんです」

秋山さんの隣を、小さな男の子が駆け抜けた。春の暖かさに包まれながら、屈託《くったく》のない笑顔を母親に向けている。今の秋山さんの表情とは、ひどく対照的だ。

それから今度は、話を幸田家での一件に戻した。

「もしかしたら、さくさんの庭にある桜にも、何か隠された過去があるのかもしれませんね……」

「秋山さんはさくさんとそのご主人について、何かもっと知っている事はないんですか？　以前にフルールで何回か会ったみたいですけど」

「そうですね、うちの店に来た時は仲の良い、素敵な老夫婦という印象でした。ご主人の竹雄さんも花がお好きな方でしたから、何度かお店でも話した事があったので覚えていたんです。でもそれ以外は特に……」

「そうですか……」

「でも今日、家へとお伺いして、少し気になった点は幾つか……ぎゃっ」

と言って、急に秋山さんが視界から姿を消した。案の定、三回目のつまずきを迎えた瞬間だった。もう桜を見ながら話すのは、止めておいた方がいいのかもしれない。

「だ、大丈夫ですか」

「ギ、ギリギリセーフです……」

秋山さんは、転びそうになったすんでの所で持ち直していた。スキージャンプの着陸時のように、両腕を水平に伸ばしている。

「歩きながらだと危ないので、どこか座りましょうか」

「そ、その方がいいみたいですね」

公園の中を歩き続け、大分奥の方へと来ていた。近くには噴水がある。丁度、そこの空いていたベンチへと腰かけた。座ってからも秋山さんはまた桜を見上げている。ここに植えられた桜は、他よりも背が低いものが多いとはいえ、もう僕はとっくのとうに、上を向きすぎて首が痛くなり始めていた。

これだけ見ているのにまだ見足りないのだろうか。その花への想いの強さに、出会ってから何度も驚かされている。思えばさっきの桜の話だってそうだ。まるで知り合いが亡くなった時のように、桜の悲しい歴史を語っていた。

なんでそんなにも花を好きなのだろう。ふとした根源的な疑問が、胸の内で湧き上がった。何かきっかけはあったのだろうか。

「秋山さんって、なんでそんなに花が好きなんですか？」

登山家に、なぜ山に登るんですか？　と尋ねるくらいにくだらない質問なのかもしれないけれど、単刀直入に聞いてみた。

すると秋山さんは、少し思案顔を見せてから語り出してくれた。

「そうですね、昔から花に囲まれて育ったんです。というのも昔から両親は花屋を営んでいましたから」

「そんなに昔から、花屋をやっていたんですね」

「はい、小さい頃は親が共働きというのもあって、帰って来るのが遅い時も多かったんです。でも、そんな時は必ず父と母が売れ残った花を持ち帰ってくれたんです。その花がとても綺麗で……」

秋山さんは、当時を思い出したみたいで、小さく笑みをこぼした。それから言葉を続ける。

「それからは両親が遅い時も、家の中にあるたくさんの花と一緒に過ごしていました。よく話しかけたりもしていましたね。そうしていると、不思議と寂しさを感じる事が少なかったんです。今でも水をあげたりする時に、花に向かって話しかけてしまうのは、その頃の名残りみたいなものですね」

秋山さんが、どこか照れを隠すように再び笑った。頬がほんのりと桜の色に近づいた気がする。

「私にとって花は家族みたいなものでもあるんです、こんな事を人前で言うと不思議がられるので言えませんけどね、それにお父さんにはちゃんと商品として扱わないとダメだぞ、とも言われますし」

秋山さんが少し下唇を出して、悪びれたような顔を見せる。

「それでも、そこが秋山さんらしいですよ、なんか理由を聞いて納得しました」

僕はそこで話に一段落がついたと思ったのだが、秋山さんは、目をまっすぐ前に向けながら呟いた。

「でも、理由はそれだけじゃないですけどね……」

その含みのある言い方に、続きを尋ねたくなったが、普段とは違った秋山さんのその姿を見て、聞くに聞けなくなってしまった。

――何か、他に特別な思い出を秋山さんは心に秘めているのだろうか。そんな風に思いを巡らせてしまう。

そんな事を思いながら、わずかに目を離した隙に、隣の秋山さんは姿を消していた。どこへ行ってしまったのかと、辺りを見回す。すると、傍に居た男の子が、僕の右斜め後方を指差して笑い声をあげた。

「わーびしょびしょー」

そこには濡れた髪を額に張り付けた秋山さんがいた。近くでは噴水が噴き出している。どうやら、近くに寄りすぎて、水をモロに被ってしまったらしい。

その姿を見て僕も思わずぷっと吹き出す。それと一緒に、もう一つの理由はなんだったのか、という疑問も吹き飛んでしまった。

◆

翌日の日曜日、また僕はフルールに居た。最近は土日の両方とも、ほとんどバイトをしている、それに平日シフトに入る事も多かった。守さんからは、「もう少し学生生活をエンジョイした方がいいんじゃねえのか」なんて言われたりもするけど、別にこの生活に、不満は感じていなかった。なんだかんだ、花屋で働くのが楽しくなって来ていたのである。

「ねえ瑠璃さん、今度デートしようよ」

店の中には、ある客が居た。厄介な客だ。男にしてはやや長めの髪を、ワックスで小綺麗な感じにまとめて、バリッとしたシャツを着こなしている。年齢は秋山さんよりも、やや上だと聞いていた。

「うーん、そう言われましても、ちょっと……」

秋山さんは、その気なさげに応えるが、それでも男はめげずに後を追う。

男の名は、三上知宏《みかみともひろ》。フルールの常連で、秋山さんをデートへ誘うのが目的で度々、店に足を運んでいた。それもわざわざ守さんが配達などで居ない隙を見計らって来る辺りが小賢しい。個人的にはかなり、いや物凄く嫌いなタイプだ。

「あんまり乗り気じゃないみたいだね、とても残念だなあ、今の気持ちを表すと、行きつけのフレンチレストランに、ふらっと行ったら定休日だったくらい残念だよ」

行きつけなら休みの日ぐらい把握しとけよ、大体なんだその例え。湧き上がる思いは幾つもあったが、一応客でもあるので言い出せなかった。

「じゃあお花見はどうかな、満開の桜を目の前にワインなんてどうだい」

「さ、桜ですか……」

その誘いに、少し心が揺れたようだ。大丈夫だろうか。花を口実《こうじつ》に使うとは、相手も弱点の突き所を分かっている。色男も伊達《だて》じゃないらしい。

けれど秋山さんもなんとか踏ん張り、素知らぬ様子を繕って答えた。

「で、でも桜はもうたくさん見てきたんです。それに、満開は昨日までですよ」

「別に桜前線《さくらぜんせん》に追いつけばいいだけの話さ、なんてったって桜前線の時速は約一キロ、赤ちゃんのハイハイくらいのスピードだ、なんとも神秘的な例えだろう」

三上も、多少の花の知識はあるみたいだ。巧みに女性を落とすには必要な心得の一つなのだろう。むしろその為だけに、花の勉強を熱心にしていそうでもある。

「……そ、そうなんですよね、桜前線って素敵ですよね！」

ここまで耐え忍んでいた秋山さんが、話に食いついてしまった。まずい。

「そうだよ、いいだろう、桜前線と一緒に僕達も日本列島を北上するのさ！」

「素晴らしいですね！　ちなみに桜前線のゴールはどこか知っていますか？」

秋山さんは、キラキラとした目を向けて尋ねる。その質問を受けて三上の目が一瞬、怯《ひる》んだ。

「えっ、いや、それは北海道の端とかじゃないのかな……」

「確かに北海道の東端には千島桜《ちしまざくら》や高嶺桜《たかねざくら》などがあり、それらが一般的には桜前線のゴールとは言われていますね。ところがですね、実際は信州の北アルプスや南アルプス、東北の高地の方が後に桜が咲くんですよ！　なんと五月から七月にかけても桜が見られるんです！　遅い年には八月に咲く桜もありますし、一月には沖縄で開花が始まります。それに十月桜《じゅうがつざくら》や、冬桜《ふゆざくら》などの種類も合わせると、ある意味日本では、一年中どこかへ行けば桜が見られる、といっても過言でないんですよね！」

秋山さんは、たぶん無意識だろう、畳み掛けるように喋り尽くした。そして、お腹いっぱいに美味しいご飯を食べた後のような、満足そうな顔を浮かべる。

「そ、そうなんだ……」

三上はその様子を見て、すっかりタイミングを失ってしまったみたいだ。一歩下がってカウンターの前に突っ立っている。というか、秋山さんのその身の変わりように、少し引いているみたいだった。

そんな時、また新たな客が店へとやって来た。

「どうも、こんにちは」

岩井真智子だ。しかも昨日と、ほぼ同じ時間にやって来た。僕が秋山さんと共に休憩を挟んだ後だったからよく覚えている。

「いらっしゃいませ、こんにちは」

僕が声をあげると、三上も新たな客の来店を見て、改めて出直しを決めたみたいだ。乱れた髪を軽く手櫛《てぐし》で整えると、店の入り口へと向かった。

「とりあえず、今日はこの辺で帰らせてもらうとしますが、また来ますよ。瑠璃さん。あなたに会いにね」

　三上はそう言って、そそくさと店を出て行った。その去り際、僕と目が合う。猫のように見開いた瞳は、どこか観察するようでいて、睨んでいるようにも見えた。たぶん、秋山さんと一緒に働いている僕の事を妬んでいるのだろう。というか、それぐらいしか心当たりがなかった。

「あっ、えーと、昨日の、その……」

　秋山さんは、再び店へとやって来た、岩井真智子の名前をすっかり忘れてしまったようだ。相変わらず人の名前を覚えるのは苦手分野なのだ。さっきまであれほど雄弁に、僕が今までに一度も聞いた事もないような、桜の名前を言っていたのに。

「……岩井真智子さんですよ」

　僕がそっと耳打ちすると、秋山さんはパッと閃いたように手を叩いた。

「ああ、すっかり忘れていました！　岩井真智子さんでしたね！」

　そっと耳打ちした意味は全くなかった。岩井真智子は、名前を忘れられてやや不満はあったみたいだが、昨日の詳細を先に知りたがった。

「あの、どうだったかしら。昨日、母の所へ行ってくれたんでしょう？」

「ええ、まあ話は多少したんですけれど、岩井さんが仰ったように、さくさんが変わってしまった要因、といったものは特に分かりませんでした」

「あら、そう。残念ね……」

岩井真智子は、さっきよりも不満の色を強める。労《ねぎら》いの一言もないのに、少し腹が立って僕は、昨日の果物の事を問い詰めた。おかげで顔面に甘夏をぶつけられる羽目になったのだから。

苦い思い出ならぬ、甘酸っぱい思い出だ。

「そういえば、さくさんは柑橘系の果物なんて全然好きじゃないみたいでしたよ、何か勘違いしていたんじゃないですか」

「そんな事ないわよ、昔からうちではよく買ってたし。あれじゃない、ボケてから味覚が変わったとかじゃないの、ほら大人になってから子供の時よりも苦いものが食べられたりするようになるでしょ、それみたいなものよ」

「そう、ですかね……」

どこか納得はいかなかったが、反論を言い出す前に岩井真智子は言葉を重ねた。

「そうよ、そうに決まってるの。でももうどうだっていいの。どうしても、あの家でソメイヨシノを見たかっただけなんだから。また家族でゆっくりと水入らずの時間を過ごしたいわ……」

岩井真智子は、幸田の家で桜を見る事に固執しているみたいだった。他の場所でも桜は見られるが、そんなのは意味がない、そんな言い方にも聞こえた。

「そういえば、何か、母は私の事は言っていた？」

「いえ、特に……」

岩井真智子の名前を出した時の幸田さくの目には、ある種の嫌悪感のようなものが宿っていたが、それを直接言えるはずもなかった。

「そう……、どうもありがとう」

岩井真智子は、その返事を聞いて納得したようには見えなかったが、これ以上話しても情報は得られないと判断したのか、軽く会釈をして、さっさと店を出て行ってしまった。

幸田さくもなかなかの強情《ごうじょう》な人間だが、その娘も血筋をしっかり受け継いでいるのであろう、なかなか偏屈《へんくつ》な人のようだ。もしかしたら、似たもの親子はどこにでもいるのかもしれない。

「……秋山さん、これからこの件どうします？」

いつの間にか秋山さんは、唇をすぼめたまま、辺りを練り歩いていた。

「あの、秋山さん……？」

かなり集中して考え込んでいるようだ。すぼめた唇が顔の輪郭からはみ出して、店の照明が形作った影にまで、その突起を写している。

「……秋山さーん」

まだ返事はない。このままじゃいつまで経っても、埒《らち》が明かないかもしれない。そこで秋山さんが食いつきそうな、先ほどの桜前線の話を振ってみる事にした。決して三上の真似《まね》をしている訳じゃない。ただ参考にしただけだ。

「あの、秋山さん、質問なんですけど、桜前線ってなんでそんなに分かりやすく、南からずーっと北上していくんですか？　もっとまばらに開花していってもいいじゃないですか？」

「あっ、それはですね」

秋山さんがくるっとフクロウみたいに首を回転させてこちらを見た。それから体も反転させる。名前を呼ばれた時にもこれくらいリアクションをしてほしい。

「桜を開花させる為の要因が、重要になってくるからなんです、桜はなぜ開花するかと言いますと、冬の強い寒さを受けてからの休眠打破《きゅうみんだは》と、春になってからの気温と地温の……」

そこまで喋って、秋山さんは急に止まった。それからハッと口を開いたまま静止する。

「ど、どうしたんですか？」

僕が声をかけても、返事はない。

そして数秒経過してから、ゆっくりと口を開いた。

「……浦田さんのおかげです」

「えっ？」

わずかな間を置いて、一度肺の中に溜めた息を吐き切ってから、秋山さんは前に言ったのと同じ言葉を口にした。

「……全てが咲きましたよ」

秋山さんが、ニコリと笑った。

「な、何か分かったんですか！　一体どういう事なんですか？」

「うーん、そうですね、浦田さん。来週の金曜日にまたお花見に行きませんか？」

「えっ、急にお花見ですか？」

「ええ、満開の桜を見に行くんです」

「は、はあ。それが何か今回の件に関係あるんですか？」

「はい、大ありです！　それではこの先は当日までのお楽しみという事で」

秋山さんがあっけらかん、白い歯を唇の隙間から覗かせる。そしてポケットからフローリストナイフを取り出して、途中で手を止めていた母の日用のカーネーションのアレンジ作りに向かってしまった。母の日は、まだ一ヶ月も先だが、仕込みを始めなければいけない時期らしい。もうこれ以上は何を聞いても、詳細は教えてくれなさそうだった。

それにしても来週の金曜日に満開の桜を見に行こう、とはどういう事なのだろうか。

先ほど三上に対して秋山さんが言ったように、昨日が満開なのだから、五日後ともなれば、すっかり桜は散ってしまっているはずだ。それくらいは僕でも分かる。

もしかして、少し遠出をして桜前線に追いつこう、から、金曜日にしたのだろうか。って事はまさか、お泊り旅行……。

いや、ないない。考えるだけ無駄だ。そんな淡い期待を持ってしまうと、何も起きなかった時の落胆を受け止めきれない。心のハードルを下げきっていれば、小さな事でも幸せに感じるはずだ。

だから今は、来週のお花見は、店のパソコンを開いて、満開の桜を動画サイトで見るくらいのものだと想像しておこう。

いや、でも、それでも、日帰り旅行くらいならあるかもしれない……。

そんな願望が膨らんだり萎《しぼ》んだりする内に、あっという間に来週の金曜日は、来てしまいそうだ。

◆

それから本当にあっという間に、予定の金曜日を迎えた。光陰矢《こういんや》の如《ごと》し、とはこの事である。待ち合わせの場所は海浜幕張駅の南口。昼過ぎの時間というのもあって、昼食に出てきたスーツ姿の人が多かった。

僕はキャリーバッグをコロコロと転がして、待ち合わせの場所へとたどり着いた。あまり気を張って準備をしていたのがばれないようにと、小さめのものを持ってきたつもりだが、それでもリュックサックくらいにしておけば良かったと、早くも後悔の念にかられていた。キャリーバッグを指さして、「浦田さん、どうしたんですか、それ？」とか、言われてしまっては身も蓋もない。まだ本当にどこか遠くへ桜を見に行くと決まった訳でもないのだ。

だがしかし、全然準備をしていなくて秋山さんをガッカリさせるのも嫌だった、その為の妥協点を探った結果が、このチョイスだった。

「浦田さん、お待たせしました」

声がして振り向くと、そこには秋山さんが居た。小さな花柄のスカートに、清潔感のあるシャツ、その上にかき氷のシロップにしたら人気が出そうな、淡いミントグリーンのカーディガンを羽織っている。フルールにいる時よりも、ますます若く見えた。お世辞抜きに本当に女子大生くらいに思える。僕の一つ下で、今年の新入生と言われても信じるかもしれない。

「い、いや、僕も今来たばかりですので……」

待ち合わせの定番みたいなセリフしか出てこなかった。それくらい気がはやっている。まさにこれからデートが始まる雰囲気としか言いようがなかった。秋山さんは今日、店番を守さんに任せているみたいだ。僕も今日は休みをもらっていた。

　これからどこへ行くのだろうか、ここから京葉線に乗っていけば、東京駅まで出るのは容易い。そこから新幹線を使うというルートも考えられる。一応財布には多めにお金を入れたつもりだ。どんなプランでもどんと来い、準備万端だ。

「それでは、行きましょうか」

「は、はい」

「よーし、レッツゴー！」

　秋山さんは元気よく、右拳を挙げると、駅の改札とは反対の方向に歩き出した。

「あ、あれ……」

「どうしました、浦田さん？」

　秋山さんは、何がおかしいの？　といった感じできょとんとした顔を向けた。僕が間違っているのだろうか。いや、そうじゃない。きっと秋山さんはまた何か、天然ボカを発動しているのだ。改札とは逆方向に進んだのもその為だろう。

「秋山さん、改札はこっちですよ」

　僕は、目の前の改札へと伸びる階段を指差す。

「改札？　何を言っているんですか？」

「えっ、電車に乗って桜前線へと追いつくんじゃ……」

「行く場所はさくさんのおうちですよ」

「へっ」

　間抜けな声が漏れた。そういえば今になって気づいたけれど、秋山さんは、りんごが一つか二つしか入らなさそうな、小さなバッグを肩に掛けているだけだ、とてもじゃないが遠出する姿には見えない。そんな事にも気づかない程に浮かれていたのだ。服装には、かき氷のシロップやら、ミントグリーンがなんだのと、あれほど気を留めていたのに。

「じゃ、じゃあなんで、駅を待ち合わせ場所に……」

「それは、浦田さんがここまでバスなので、お休みなのにわざわざ店に寄ってもらうのも悪いかなと思ってお迎えにあがったんです。今日は、私がお誘いした訳ですし」

「そう、ですか。お迎えだったんですね……」

「さあ、それでは気を取り直していきますよ、レッツゴー！」

　秋山さんはずんずんと歩き出した。わずかに遅れてから、僕もその後についていく。

　結局、行き先はすぐ近くの幸田さくの家だったのだ。むしろ以前に行ったさくら広場の方が、まだ距離的には遠い場所にあった。

　また僕は余計な深読みをしていたのだ。もう秋山さん相手にそんな事はしないと誓ったはずなのに。

でも、まぁ、一応想像していたパソコンの動画サイトで花見よりはマシか。うん、前向きにネガティブすれば、これくらいの事は簡単に乗り越えられるはずだ。むしろ想定の範囲内。よし、もう納得できた、切り替え、切り替え……。

僕がそんな風に考え始めた時に、秋山さんが僕のキャリーバッグを指さして言った。

「浦田さん、どうしたんですか、それ？」

コロコロ、カタンッ、とキャスターが地面の上を転がる音が響く。なんで、こんなものを持って来てしまったんだろう、と音が鳴る度に後悔をしてしまうから、ますます情けなかった。

駅から十五分程かけて、幸田家近くの通りへとたどり着いた。まだ四月の上旬とはいえ、着ているシャツも汗ばんでいる。けれど、隣を歩く秋山さんは、汗一つかかずに、軽やかな調子で歩き続けていた。やはり秋山さんはこれから、満開の桜が見られるのを確信しているらしい。

しかしあの木は、幸田さく自身が袋で覆ってしまっているから見えるはずもなかった。大体、通りの桜もすっかり花びらを落とし、もうこの辺りの桜のシーズンは終わりかけでもある。

一昨日に降った雨が、花散らしの大きな要因になったようだ。幸田家で満開の桜を見るということは、ほとんど期待できなかった。たぶん、僕が今日秋山さんと、鬼怒川温泉《きぬがわおんせん》あたりに旅行に行く可能性くらい低いはずだ。つまり、ほぼゼロ。別に悔しまぎれで言っている訳では無い。

「浦田さん、見えましたよ」

「えっ？」

突如、さっきまで何も言わずに歩いていた秋山さんが。前を指差した。僕は俯きながら考え事をしていたので、その声にはっとして顔を上げた。

意外な光景が広がっていた。幸田家の前に、何人かの人垣ができている。ざわざわと落ち着きなく話しながら、ある者はカメラを持って写真を撮ったりしていた。そのシャッターは幸田さくの家に向けられている。そう、満開の桜に向けて——。

高い塀越しにも伺える程に、立派な桜の木がそこにはあった。辺りはほとんど散ってしまっているのもあって、その存在が、より雄大に見える。

「あ、秋山さん、なんで今、あの桜が満開になっているんですか？」

驚きを隠しきれずに、僕は尋ねる。

「浦田さんが前に、桜前線の話から、桜の開花についての質問をしましたよね、あの質問がヒントになったんです」

「どういう事ですか？」

「桜の開花の為には、冬の寒さと、春の暖かさがとても重要なんです」

「冬の寒さと春の暖かさ……」

「ええ、冬の間に強い寒さを受けて桜は休眠状態になります。それから気温が上がる事で、休眠打破が起こり、やがて開花するんです。温度が上がる、というのは最高気温の積算が一定の値になった時、大体東京では四〇〇度、または六〇〇度が目安とも言われていますね」

　秋山さんが言った事を、なんとか頭の中で整理する。

「……という事は、十分な寒さを受けた後に、どんどん暖かい温度を日増しに積み重ねれば、桜は咲くという事ですか」

「その通りです、そしてさくさんは、桜の木を冷やす事で、その温度の積み重ねを避けて、開花を遅らせようとしたんです」

「で、でも、そんな事が本当に可能なんですか？」

「完璧には難しいですが、桜の開花をコントロールする為に、様々な試みは既に行われています。例えば、地域のイベントや、卒業式の日に合わせて開花を早める為に、桜の木をビニールハウスのようにして暖めて成功した事例もあります。後は秋などに、季節外れの桜が咲く事がありますよね、あれは夏の終わりの寒さを、桜の木が冬と勘違いして、秋に気温が上がった時に、春が来たと勘違いした為に起こってしまう現象なんです」

「そんなに桜にとって、温度の変化は重要なものなんですか……」

「そうなんです、ですからさくさんは、桜の開花を遅らせる理由があったので、わざと黒い幕を掛けて日光を遮り、ドライアイスなどを入れた袋を巻きつけたり地面に置く事で、温度を積み重ねないようにしていたんです。春なのに、窓を開けっぱなしでクーラーを入れていたのも、せめてもの冷気を桜に届けたかったからではないでしょうか。私が入った部屋から、桜に向けてクーラーの風が流れ込む仕組みになっていましたし」

「あの、桜の木にドライアイスを置いたというのは、なぜ分かったんですか」

「芝桜の植え替えの時に、隣の桜の木を見ていて地面にも袋が置いてあったのが気になったんです。それに近所の方から、たき火もしていないのに庭から煙が出ていた、という情報を聞きましたよね、あれは雨の日に濡れたドライアイスが煙を出したものだと思います」

なるほど、秋山さんは植え替えの時、そこを見ていたのか。確かにそれならば、以前の近所の人の証言とも合致する。しかし、ここでどうしても納得できない一つの疑問が浮かび上がる。

「……あの、それでもさくさんが、桜の開花を遅らせたかった理由は一体なんなんですか。わざわざ大金をかけて業者を呼んでまで、こんな事をするなんて……」

「きっと、その答えはあちらに」

秋山さんは、近所の人が多く集まっている場所に手を向けた。

すると、小さな人波の中をかき分けてやって来る人が見える。モーゼが海を割るような華麗なものとは全く違う、辺りの人に、「どきな、邪魔だよ！」と怒声を飛ばしながらやって来たその姿に、正体はすぐに判明した。

――車椅子を押した幸田さくだった。

そして、その椅子はもう空席ではなかった。うつむき加減で、背中を丸めた老人が座っている。

「あれは……」

「さくさんのご主人の、竹雄さんです、私達もご挨拶に伺いましょうか」

秋山さんはそう言って、歩き始めた。僕も慌てて後を追う。そしてその傍までやって来ると、すぐに幸田さくも僕達に気づいた。

「あんた達は……」

「こんにちは、さくさん、それに竹雄さん。お久しぶりですね」

車椅子に座ったままの幸田竹雄は、そのまま反応もなく、ぼんやりと僕達を見つめていた。秋山さんの事を忘れてしまったのだろうか、反応はかなり鈍く、その後、ゆっくりと小さく頭を下げただけだった。

「また何しに来たんだい」

「この前はさくさんを誤解したまま、帰る事になってしまいましたから、そのお詫びに。それと、この満開の桜を見に来させて頂きました。今日までしてきた事の全ては、竹雄さんにこの桜を見せる為だったんですね」

「……何を言っているのかね」

その言葉とは裏腹に、幸田さくの目には、わずかにたじろぐような様子があった。それから秋山さんは肩に掛けていたバッグを開けて、甘夏を一つ取り出すと、それを幸田竹雄に渡した。入っていたのは、同じ果物ではあったけど、りんごではなかった。

「柑橘系の果物が好きなのは、さくさんじゃなくて、竹雄さんだったんですよね。だからさくさんは食べられもしないのに、退院する日を前にたくさん買い込んでいた。それに誰も乗っていない車椅子を押して歩いていたのも、事前に練習をしたかったからなのではないでしょうか」

「……適当な事を言わないで欲しいね」

まだ納得しない様子を見せる幸田さく。

「……ありがとう」

その状況を尻目に、隣の幸田竹雄がワンテンポ遅れて、他人行儀に頭を下げた。甘夏をもらったお礼のようだ。

「大体なんで今日来たんだ、近所の奴らは桜が咲いたから、それで来たに違いないが、あんた達はそうじゃないだろう。わざわざうちの家まで、丁度今日を狙ってやって来るなんて気味が悪い」

その事は、確かに僕も気にかかっていた。五日前に、秋山さんは来週の金曜日にお花見をしよう、と言った。そしてその当日である今日、桜は満開になり、丁度、幸田竹雄の退院を迎えていた。

「カレンダーです。さくさんの家のテラスへと続くカレンダーの今日の日付に、丸が付けられてあり、その日へカウントダウンするように斜線が引かれていました。だから今までの全ては、この日の為にやっていたのだと結びつけました。いえ、というよりも、全ては竹雄さんの為に……」

幸田家へと行った時に、秋山さんがカレンダーを見ながら、唇をすぼめていたのを思い出した。それを聞いた幸田さくは、どこか観念したように息をゆっくりと吐いた。

「……中に入りな、これ以上人前でそんなくだらん話をされては、たまったもんじゃないからね」

「ありがとうございます、そうさせて頂きます」

幸田さくが再び、車椅子を押して歩き出した。それに続いて僕と秋山さんも歩き始める。地面がアスファルトから土になって、車椅子はガタガタと揺れた。僕の持っていたキャリーバッグのキャスターも音を立てる。その音が煩《わずら》わしくて、ここからは持ち上げて運んだ。

そして桜の木の傍まで来ると、幸田さくは再び口を開き始めた。

「……主人はね、去年から入退院を繰り返しているんだよ。たまたま今回は、ただの骨折だったけどね」

「どうして骨折を？」

僕が尋ねると、幸田竹雄の乗った車椅子を桜の木の真下に置いて、やや距離を置いてから答えた。

「……夜に目が覚めた時にね、家に居るのにここは自分の家じゃない、と思ってしまったんだよ、それで外に出た時に転んだのさ」

「それって……」

「……そう、もう認知症が始まっている」

だから、秋山さんが先ほど声をかけた時に、幸田竹雄は全く反応を見せなかったのだ。

悲しくも、点と点が結びついてしまう。

目の前の桜に目を向けると、視界を真っ白な花びらが覆い尽くした。その所々につく、緑の若葉がより一層、混じりけのない白色を際立たせている。何か神聖なものが宿っているかのようにも見えた。

そして、この巨木を前に、幸田さくは再び語り始めた。

「春が来れば、一緒にこの桜の木の前で毎日のように花見をしていたね、一日中見ていても飽きなかったんだ。歳を重ねると花だとか、こういうものに若い頃よりも、関心が向くものなんだと我ながら感心したもんだ、自分が汚くなったからか綺麗なものに心惹かれるのかね、ひっひっ……」

　幸田さくが自嘲《じちょう》するように、また魔女のような声を出して笑った。それから真顔に戻って、続きを話す。

「やはり桜はいいもんだよ。主人も、この庭の桜を大切にしていたからね。私の名前もさく、なんて名前だから、よくふざけて笑い合ったもんだよ……でも今じゃもう、そんな事をしたのも覚えていやしないんだ。もう、私の名前すらも呼んでくれないんだからね……」

　無数の桜の花びらが風に揺れる。傍に僕達が植えた芝桜も、呼吸を合わせるかのように揺れていた。

　車椅子に乗った幸田竹雄は、うなだれたように反応もなく、首を傾けたままだった。

「ちょっと、お母さん、どういう事なのこれ？」と、突然門の方から声が聞こえた。

　その声の人物は、敷地内へと踏み入って来た、岩井真智子だった。

「どうしてこのソメイヨシノが咲いているの、てっきりもう咲かせないようにしているんだと思ってたのに」

「……何の用だい」

　幸田さくが、先ほどまでとは違う、明らかに棘《とげ》のある声で尋ねる。

「何よその言い方、さっき病院に行ってお父さんが退院したって聞いてびっくりしたのよ。教えてくれても良いじゃない、私だって迎えに行ったのに」

「あんたの助けなんか借りるもんか」

「実の娘をなんだと思ってるのよ、私がどれだけお父さんとお母さんの事心配していたか、あなた達からも何か言ってやってよ。またここへ来たって事は、何か言ってくれる為に来たんでしょ」

　急に岩井真智子からのパスが飛んできた。その言い草に少し腹が立つ。なんて言ったって、今度は果物の件には確証があるのだ。

「そんな事言われても、大体、親の好物すらも逆に覚えていたくらいなのに、本当に心配していたんですか」

「な、何を言ってるのよ、失礼ね」

「柑橘系の果物はさくさんが好きなのではなく、ご主人の竹雄さんの方が好きだったんです、岩井さんが言っていたのは間違いだったんですよ」

「な、何よ、それくらいただの勘違いでしょ、よくある事じゃない。私が父と母を大切に思っているのは本当よ、そんな間違いの一つくらいで愛情がないっていうの？　ふざけないで頂戴、部外者の癖に！」

岩井真智子の口調がヒートアップしていく。その剣幕に、一歩たじろぐ。けどそんな僕の代わりに、秋山さんが一歩前へと進み出た、ハイタッチはないけれど、どうやらこの辺りでバトンタッチみたいだ。

「本当に岩井さんは、ご両親を大切に思っていたのでしょうか？」

秋山さんが尋ねると、岩井真智子は顔を紅潮《こうちょう》させて言い返した。

「そう言っているでしょ！　一体なんのつもりなのよ！」

「本当に大切に思っているのなら、幸田さん夫妻にとって、如何《いか》にこの家と桜の木が、大事かというのもお分かりですよね？」

「勿論よ、当たり前じゃない」

「では、なぜここの土地を売ろうと考えていたのでしょうか？」

「えっ……」

秋山さんの質問に、相手の動きが止まった。僕にとってもその言葉は、予想外のものだった。まさか、そんな事を岩井真智子が企《くわだ》てていたとは思いもよらなかったのだ。

「ここ最近、幕張新都心界隈は、土地の開発も進み、近くに大型ショッピングモールができたり、メッセでは二〇二〇年のオリンピック競技の開催候補地にも選ばれるなどして、地価が上がり続けていると聞いています。うちの店にも土地買い取りの、営業の電話がかかってきた程でしたから」

そういえばそうだった。守さんがその電話を受けて苛立っていたのを思い出す。

「な、なんで私がそれに関わって、土地を売ろうなんて思っているって言うのよ」

「岩井さんは現在、蘇我に住んでいると、仰っていましたよね。それなのになぜ当店へ来たのかが不思議だったんです。あの日は実家のさくさんの元に行くのでもなく、うちの店に寄った後は、そのまま駅の方へと歩いて帰ってしまっていましたから」

「……別にあの日は、他の知り合いの所に行ってたのよ」

「それに岩井さんは次の日にも、前日とほぼ同じ時間に店にやって来ましたよね。その時に、また疑問が湧いたんです。そしてこの事と結びつきました」

秋山さんはまた小さなバッグの中から、丁寧に折り畳んだ紙を取り出した。それを広げて見せる。

「これは……」

「幕張ベイタウンに土地を持っている人に対してポスティングされた、住民説明会案内のチラシです。この説明会は四月三日と四日の二日間に渡って、同日とも午後一時から開催されました。丁度この説明会を終えてから、岩井さんは当店へと寄ったのではないでしょうか、それならば時間的にもぴったりですし、説明もつきます」

そのチラシは以前に守さんが見せてくれたものだった。それから言葉を続ける。

「以前から岩井さんは土地の売却を考えていて、その話をそれとなくさくさんにした時に、諍《いさか》いに発展してしまったのではないでしょうか。私達に依頼をしたのも、こじれた仲を修復する為の仲介役になればといった手段の一つだったのでしょう。人付き合いのあまり良くないさくさんと、接点のある知り合いは他に少なかったですし、さくさん達が以前に当店を利用していたのも、岩井さんは知っていたはずです」

「そ、そんな、別に私はあなた達を……」

「いえ別に、私達の事はどう使って頂いても構わないんです。問題はこの土地です。岩井さんがこの家の土地を売れば、勿論、桜の木も切られてしまいます。さくさんにとっては、それが一番許せなかったはずなんです」

「わ、私だって、この家を、それに桜の木を大事に思っているわよ！　昔からこのソメイヨシノを見て育ってきたんだし……」

秋山さんの指摘に、苦しみながらも岩井真智子が言い訳を始めた。

しかし、その時だった。

「この大馬鹿者ッ！」

岩井真智子が反射的に黙る。

突如、幸田さくからの怒声が飛んだのだ。

「な、急に何よ」

「……この桜はね、ソメイヨシノじゃない、オオシマザクラだよ」

「えっ」

「この家に住んでいた癖にそんな事も分からないとは、とんだ馬鹿たれだね」

「オオシマザクラ……」

岩井真智子は放心したように、傍の桜の木を見つめた。

僕も今一度、目を向ける。確かにそうだ。眺めていた時も思っていたが、真っ白な花びらに、緑の葉が同時についている。これはソメイヨシノの特徴ではない。前に秋山さんが説明してくれた、オオシマザクラの特徴だ。

「ええ、こちらはオオシマザクラという自生種の桜です。伊豆大島に多いのでオオシマザクラと名付けられました。耐潮性《たいちょうせい》もあり、防潮林《ぼうちょうりん》として植えられる事も多々あるので、この海に近い幕張でも多く植えられているのでしょう。そしてソメイヨシノとの違いですが、やはり花の色や、葉が花と同時につく所が大きく異なりますね。それにオオシマザクラの葉は塩漬けにすると、クマリンという芳香物質《ほうこうぶっしつ》が多く出る様になるので、桜餅の葉っぱにも使われていますね」

秋山さんの流れるような説明に、岩井真智子も呆気にとられた様子だった。そして幸田が言葉を加える。

「ふんっ、別に今ほどの大層なレベルで覚えていろって訳じゃない。けどおまえは本当にこの桜を愛していたのかい？　この家を大切に思っていたのかい？　今も胸を張ってその言葉を言えるのかい？」

「……」

その沈黙が答えを意味していたのかもしれない。岩井真智子は、眼鏡を外してから、もう一度桜を見つめた。この場所で過ごした、子供の頃を思い返しているのだろうか。きっとこの場所には、多くの思い出が詰まっているはずだ。

岩井真智子は、それから思い立ったように、視線を母の幸田さくに移した。そして小さく頭を下げてから、家を出て行った。「ごめんなさい、また来ます」。最後の小さな呟きは、幸田さくの耳にも届いただろうか。

「……これで少しは変わってくれるといいんだけどね」

「岩井さんが、ですか？」

僕が尋ねると、幸田さくは頷いてから答えた。

「そうだね……、別に元からこの家をあの子に譲るのには文句ないんだよ。ただこのまま、このオオシマザクラと共に住んでいて欲しいだけさ」

はなっから岩井真智子を突っぱねていた訳ではなかった。それもそうか、幸田さくにとっても大事な一人娘には違いないのだ。

秋山さんは、さっき花の知識を、「大層なレベル」と言われたのが余程嬉しかったのか、桜を見上げながら、春の陽だまりに包まれたような、ほわほわとした表情を浮かべていた。その気の抜けた顔を見て、今回の一件は、無事に終わったのだと実感する。

「……少しほったらかしにしてしまったね」

幸田さくが、桜の木の下で車椅子に座ったままの、幸田竹雄の元へと向かった。そして、トンっと肩の辺りを叩く。どうやらその場で眠ってしまっていたようだ。確かに今日は、昼寝したくなるような、麗《うら》らかな陽気だった。

「竹雄さん。寝ちゃ駄目、ほら桜よ」

幸田さくが、耳元で声をかける。すると幸田竹雄も目を覚まして、傾けていた首をまっすぐに戻した。そして桜の木を仰ぎ見る。

「綺麗な桜でしょ……、分かる？　うちに帰ってきたの」

幸田さくの呼びかけにも、反応は芳《かんば》しくなかった。記憶だけではなく、感情までをも失いかけてしまっているように思える。あの幸田さくが、甲斐甲斐《かいがい》しく傍に寄り添っているのを見ると、こちら側の胸までもが締め付けられる心地がした。

「まぁ、いい、時間はあるからね……ゆっくり眺めようかね」

幸田さくは、車椅子に手を掛けたまま、一緒に桜の木に目を向けた。

しかしその時、肩の辺りを突如、幸田竹雄が掴んだ。

「ど、どうしたの？」

掴んだ手には、そのまま力が込められ続けている。車椅子の軋《きし》む音が聞こえた。

「竹雄さん？」

幸田竹雄が小さく口を動かしている。何かを言いたげだった。

幸田さくも、その様子を見て、心配そうに顔を覗き込む。

「どうしたの、竹雄さん……」

車椅子に乗った膝元に、オオシマザクラの白い花びらが舞い落ちる。幸田竹雄は、その花びらをじっと見つめた後、今度は幸田さくを見据えて一言、呟くように言った。

「さく、綺麗だ……」

幸田竹雄が笑った――。

今日、初めて見たわずかな笑顔だった。幸田さくはその表情を見てまだ整理がつかないように小刻みに口元を震わせる。目の前で起きた出来事を信じられなかったのだ。

「竹雄さん。今、私の名前を……」

幸田さくは、今その言葉を発したのが本当に幸田竹雄なのかを確かめるように、相手の頬に触れた。

「さく、さくら……、さく……」

幸田竹雄が、またおぼろげな口調ながら、言葉を呟く。それが相手の名前を呼んでいるのか、目の前の桜の木を呼んでいるのか、どちらなのかは分からない。でも、そんなのは関係なかった。

「それじゃあ、どっちを呼んでいるのか分からないじゃないか、ちゃんとまた呼んでおくれよ、この馬鹿爺さん、ひっひっひ……」

目尻に幸せそうな笑《わら》い皺《じわ》を作って、幸田さくが笑った。その特徴的な笑い声を聞いて、幸田竹雄の口角がまた小さく上がる。その二人の姿はとても幸せそうに見えた。

歳を重ねると、人の顔はその人自身の性格を、深く表すようになるのだろうか。丸みを帯びた輪郭に、笑うと線のように細くなる目、その表情が何よりも、幸田竹雄自身の穏やかな人柄を表していた。

オオシマザクラに見守られながら、佇む二人の姿はとても美しく、またその場だけが、僕達とは別の時間を過ごしているようにも感じる。

その光景を見守っていた秋山さんが、僕にだけ聞こえる声で言った。

「行きましょうか、浦田さん」

「……そうですね」

秋山さんと共に、入ってきた門へと向かって歩き出しながら、僕は考えていた。

きっと、また幸田竹雄はスイッチが切り替わったように、今日の事も忘れてしまうのだろう。でも今は、ただ今は、それでも良いと思った。幸田さくはその時が来る度に、傍に寄り添ってゆっくりと呼びかけ続けるはずなのだから。

そして来年も、ただ愛する一人の為だけに、このオオシマザクラを咲かせてくれるのだろう。

◆

秋山さんと共に、帰りの道を歩いていた。コロコロ、カタンッ、とキャスターが地面を転がる音が響く。辺りには散ってしまった桜の花びらが、沿道に沿ってまるで小さな龍のように連なっていた。色が褪《あ》せて、黄色くなったものがほとんどだったが、中には散ったばかりなのだろうか、まだ鮮やかなピンク色を残しているものもあった。

フルールの近くの公園までやって来ると、わずかに木にしがみついていた桜の花びらが、風に吹かれて散っていった。こうやってまた、地面にも花びらが積み重なっていくのだろう。この地面を覆い尽くすほどの花びらは春が終わると、一体どこへと流されていくのだろうか。きっとその終着点には、美しい光景が広がっているに違いない。

「素敵な関係のお二人でしたね」

ひらひらと、舞い散る桜を眺めながら、秋山さんがそっと呟いた。

確かに僕も、あれから二人の事を考えていた。秋山さんがさっき説明した原理によると、桜の開花のタイミングをある程度ずらす事はできたとしても、ピンポイントの日に満開にする事はかなり難しい、いや、むしろ成功したのは奇跡に近い。でも幸田さくはそれを見事にやってのけたのだ。きっとそれは、主人の幸田竹雄を強く想っていたからこそ、引き寄せた奇跡に違いない。改めて二人の結びつきの強さを思い知る。

「そうですね……あんな二人に将来なれたらいいな、って思いました」

「……えっ？」

コロコロ、カタンッ。

わずかな間があってから、秋山さんが戸惑ったような声をあげる。

僕もそれを聞いてから、ふと自分の発言を考え直した。そして大きな誤解を抱かせてしまったと気づく。

「えっ、あっ、いや、僕達が、という訳ではないですよ！　僕も将来誰かと結婚した時に、という話です！」

「そ、そうですよね！　びっくりしてしまいました……」

秋山さんは、焦りの色を隠すように、僕から視線を逸らした。それでもまだ気恥ずかしさから逃れる為か、目の前に落ちてきた桜の花びらを掴もうとした。けれどあざ笑うかのように、不規則な動きをみせる花びらを掴まえきれなかった。

その横顔を見つめながら、考え込んでしまう。秋山さんは、僕をどう思っているのだろうか。それ以前に、秋山さんに今好きな人や、彼氏はいるのだろうか。まだその辺すらもはっきりとしていない。それほどの浅い仲なのだ、それに店の中には守さんも居るし、そんな話をするタイミングもなかった。

大体、僕にそんな直球な恋愛の質問をぶつけるほどの勇気もない。でも今ならこの流れで、少しは深い話も聞けるのではないかと思った。

「秋山さん、あの、質問があるのですが……」

「はい、なんですか？　あっ、掴まえた」

返事をしながらも、秋山さんは数回目のトライにして、ようやく舞い落ちてきた花びらを掴む事ができたようだ。掌を開いて確かめてから、ニコッと笑った。

「……あ、秋山さんは、その……こ、恋人とかは、いるんですか？」

「……わ、私にそんな人はいませんよ」

「そ、そうなんですか！　ははっ、僕もです」

聞かれてもいないのに僕も答えていた。心の中で必死に望んでいた秋山さんからのその答えをもらって、舞い上がってしまったのだ。だから秋山さんの小さな変化にも気づけなかった。僕はそんな浮かれた調子のまま、また一つ質問を重ねた。

「じゃ、じゃあ、あの、好きな人とかは……？」

コロコロ、カタンッ。

秋山さんは、立ち止まって、何も答えなかった。

「あの、秋山さん……？」

さっきまでの桜の花びらを追っていた無邪気な顔は、もうどこにもなかった。いつか見た、温度をなくしてしまったその表情を見て、ドキッ、としてしまう。

秋山さんは、掌の花びらを長い間、じっと見つめていた。

「……そういう質問はやめてもらってもいいでしょうか」

「あ、は、はい、すみません……」

その秋山さんの反応に、決して触れてはいけない、大事な何かがある場所に、土足で踏み込んでしまったような気がした。血液が駆け巡るように、罪悪感が指の先まで急速に全身を伝わっていく。

それから秋山さんは、言葉を漏らすように、小さく呟いた。

「私は……いけないんです」

「えっ？」

「……私は、花以外を好きになってはいけないんです」

誰かの口から吐き出されたかのような生温かい風が吹いて、秋山さんの掌にあった花びらが宙に舞った。それからまた不規則な動きを見せて、一度は上昇したかと思うと、最後はあっけなく地面に落ちた。

ポトッ、という地面に触れた音が聴こえそうな程に、辺りは静まっている。周りには、僕と秋山さん以外に人はいない。柔らかな午後の日差しを受けているはずなのに、肌寒い心地がした。

秋山さんは、こっちを一度も振り返らずに、再びフルールに向かって歩き出した。でも、僕はすぐにその後を追えなかった。

ぼんやりと、今目の前で起きた出来事を反芻《はんすう》しようとしたが、頭の中は靄《もや》がかかったように、はっきりとしない。もう二度と、元には戻れないのかもしれないとさえ思ってしまっていた。

コロコロ、カタンッ。

転がるキャスターの音だけが、辺りに虚しく響いた。

2½輪目　カーネーションの赤と白

フルールの一年で最も忙しい日が、ようやく終わりを迎えようとしていた。

そう、今日は五月の第二日曜日、母の日だ。朝からひっきりなしにお客さんが店を訪れていた。普段は見かけないお客さんもたくさんいたし、店内はずっと人でごった返していた。近頃は前日の土曜もよく混むと、秋山さんも言っていたのだが、それでも日曜当日の人の波は凄かった。しかしその忙しさに少しは救われた部分もある。

秋山さんとは、幸田さくの家からの帰り道で話をして以来、少し気まずくなってしまっていた。けれどこの忙しさが、わだかまりを解消してくれた。母の日に向けての事前準備などで色々と協力して仕事をする機会も多かったのだ。

あれから前にしたような会話は一切していない。秋山さんから話す事もないし、僕も聞けずにいる、いや、あんな態度を見せられて、聞ける訳が無かった。

今日の早い時間帯には、近所の多くの人もフルールを訪れていた。その中に果物屋の店主、大谷の姿もあった。カーネーションとバラの花を買いに来ていたのだ。

少し話を聞いてみた所、どうやら母親の為、という訳ではないらしい。以前から付き合っている恋人が、近頃こっちに戻ってくる為の準備だと浮かれた調子で言っていた。その後、僕は他のお客さんの対応に追われていたりと、忙しさも相まってそののろけ話をまともに聞く余裕もなかった為、大谷は買い物を済ませると早々に店を出て行った。また店が暇になった頃にたっぷりと話しに来るだろう。

それから日中の怒涛の忙しさを抜けて、夕方ごろになると、お客さんの足も落ち着いて来た。それと同時に昼の疲れが遅れてどっと押し寄せてくる。まるでボクシングのボディブローみたいだった。

そんな中で僕は、鉢植えのアレンジのカーネーションを買ってくれたお客さんを店頭まで見送る。それから店の中へと戻ろうとして、近くにフルールと、自分の財布の中身を何度も見比べている少年がいる事に気づいた。

緑に紺のラインが入ったポロシャツ、それに黒の短パンを履いている。小学三、四年生くらいだろうか、この時間帯にしては珍しいお客さんだ。

「……カーネーション、買いに来たんですか？」

僕が思い切って声をかけてみると、その少年は何か周りに飛んできた蚊でも見つけたみたいに、うざったそうな顔をした。

「今日なんの日だか分かってるでしょ？」

「母の日、ですね」

子供とはいえ、お客相手だから一応敬語を続けた。きっと秋山さんならもっとうまい口調で子供に接するのだろうけど、僕は子供の相手は苦手だ。バトンタッチしたい所だったが、あいにく秋山さんは、数分前に入店したお客さんを前にブーケ作りに取り掛かっている。

「だったらカーネーション買いに来たに決まってるじゃん、当たり前の事聞かないでよ、大人の癖に話の分からない人だね」

そういう君はなかなかの生意気なガキだね。と喉元まで出かかった言葉をなんとか飲み込む。そして良識のある大人として、一店員の対応を心がける事にした。

「そ、そうですね、で、どの商品にしますか？　こちらのとかオススメですけど」

僕が指さしたのは、カーネーション一輪がセロハンのラッピングに包まれた二百円の商品だ。今日フルールへと一人でやって来た子供の多くが買っていったお手軽な商品でもある。

母親も別に、母の日だからといって、幼い子供からのプレゼントで値段を気にするはずもない。この一本のカーネーションに気持ちが込められていればそれで十分なのだ。僕が親だったらこの一本をもらうだけでも本当に嬉しい。

「えーこれじゃしょぼいじゃん」

少年はさも不満そうに言った。

「これで十分だと思いますけどね」

「やだやだ、俺あれがいいな」

少年が指さしたのは、店の中にあるカーネーションが十本くらいは入った花束だった。大人でもあまり買っていく人はいない、二千円はするものである。

残っていた花束は、カーネーションの色が赤と白の二つのみだった。

「あの、あれ二千円しますけど、予算は？」

「大奮発して千円だね、これ以上は無理」

「じゃあ他のものにした方がいいですよ、何をもらってもお母さんは嬉しいと思いますから」

「いや、あれがいい。俺千円しかないから千円にまけてよ」

「そ、そんなのできる訳ないですよ」

「えー、お兄さんの権限《けんげん》でなんとかならないの」

「そんな権限ないし、こっちのカーネーションにでもしなよ」

「しょぼっ」

その「しょぼっ」って言葉は、僕に言ったのか、それとも傍のカーネーションに言ったのか、いやきっと僕のはずだ。こいつ……。

「じゃあさ、お兄さんが千円だけ貸してよ、今度返すからさ」

「い、嫌だよ、なんでそうなるんだよ」

つい接客の敬語を忘れていた。でも、構わないだろう。敬語のままだとますますなめられる気がした。

「もしも貸してくれたらさ、お兄さんがどれだけ良い人かって事を、あのお姉さんに言ってあげても良いけど」

「は、はあ？」

少年はニヤリと笑って秋山さんの事を指さす。

「だってお兄さん、あのお姉さんが好きでしょ？」

「な、なんでお前がそんな事を……」

目に見えて僕は焦ったような、あわあわとした口調になってしまう。少年はそれを見逃さなかった。

「あっ、やっぱそうなんだあ」

……こいつ、カマかけやがった。

こんな少年に良いように騙された事への苛立ちと、自分の情けなさが込み上げてくる。全くもって自分にがっかりする。

「時々この花屋を通りかかるんだけど、鼻の下伸ばしてお姉さんと話してたからそうじゃないかと思ったんだよねえ」

「鼻の下なんて伸ばしてないっての！　大体好きとかそういう安直に言えるものじゃないんだよ、もっと繊細なものなの！」

「うーんよく分かんないけど、お兄さんがあの店員さんの事が好きだよって俺が教えてきてあげるよ」

「ば、馬鹿やめろ！　なんでそうなるんだよ！」

今そこら辺の事は最もセンシティブな話題なのだ。気軽においそれと話していいようなものでは決してない。

「じゃあ、ほら」

少年がまたニヤリと笑って今度は掌を上に向けた。

「千円もらえればちゃんと黙ってるし、お兄さんの良い所を言うだけにしてあげるよ」

いつの間にか借りるからもらうに変わっている。なんて抜け目のないやつなんだ。

「や、約束は、本当だろうな……」

「男の約束に二言はないって」

少年がグーサインを向ける。

「はぁ……」

全身の力が抜けるような溜息が出る。もう観念するしかないみたいだ。僕は小学生に一本取られたのだ。そういえば小学六年生の時にも、初めて行った柔道教室で低学年の子に一本を取られて泣いて帰ったのを思い出した。上にも下にも敵わない僕は一体誰に立ち向かえばいいのだろうか。

　僕は財布から千円札を一枚取り出して少年に渡した。

「ありがと！」

　少年が年相応《としそうおう》の愛くるしい笑顔を向ける。

　その無邪気な姿を見て、まあ結局は店の売り上げになるのだから良いか、と思い直した。千円取られた挙句にゲーセンとかで散財されて僕の悪評を流されるよりはよっぽどマシなはずだ。

　少年と一緒に戻ってきた僕を見て、秋山さんは一瞬首を傾げたが、他のお客さんの対応に追われていてそれどころじゃなさそうだ。

　そして少年が、店のカウンターの近くに置かれた白のカーネーションの花束を指さす。

「この白いのちょうだい！」

「白でいいの？」

「なんか白って珍しいし格好いいじゃん！」

「……一つ聞くけど、お母さんって元気？」

「はあ？　元気だよ、何言ってんの、そろそろ帰らないと怒られちゃうけどね」

「じゃあ赤いカーネーションの方がいいかもしれないよ」

「なんで？」

「白いカーネーションは亡き母を想うって花言葉もあるように、亡くなったお母さんへ贈る習慣のあるものなんだよ」

「へえ、そうなんだ」

「まあ母の日ってのは元はと言えば、百年以上も前に、アメリカのアンナ・ジャービスという母親想いの女性が、母親を大切にしよう、感謝や尊敬の気持ちを伝えよう、という運動をした事から生まれたものなんだ。そしてそのアンナが亡くなった母親の追悼式で白いカーネーションを祭壇に飾った事から、白いカーネーションは亡くなった母親に贈るもの、という意味を持つようにもなったんだ」

「へーそう」

少年が興味なさげに応える。少しお子様には話が難しかったのかもしれない。もしくは僕の説明が下手だったのか。せっかく秋山さんから教えてもらった知識を披露したのに。

「それじゃ赤いのにするよ、お兄さんに免じて」

「それはどういたしまして」

既に花束の形になったまま準備されていたから、それをそのまま渡してあげた。そして千円札を二枚受け取る。一枚は勿論さっきまで僕の財布に入っていたものだ。

それから少年はカーネーションの花束を受け取ったが、すぐにはその場を動かなかった。そしてなんと、隣で接客をしていた秋山さんの前に並んでいたお客さんが離れた所で、その目の前に立ったのだ。

「えっ」

まさか、このタイミングでいきなり秋山さんに何かしでかすつもりだろうか。緊張が走る。

秋山さんも目の前に立った少年を見つめたままきょとんとしていた。

「ちょ、ちょっと……」

僕が間に入って制止をしようとすると、おもむろに少年は花束の中から一輪の真っ赤なカーネーションを取り出して、秋山さんに差し出した。

「はい、プレゼント」

「あ、ありがとうございます」

秋山さんが、よく訳も分からないままカーネーションを受け取る。

「それ、このお兄さんからのプレゼント」

そう言って、急に少年が僕を指さす。

「は、はあ!?」

思わず大きな声が出てしまう。秋山さんも不意をつかれたようで、そのまま言葉も返せずにその場に立ちすくんでいた。

それから少年は満足そうに無邪気な笑みを浮かべると、意気揚々《いきようよう》とフルールを去っていった。手には大きなカーネーションの花束を握りしめて。

「ど、どういう事でしょうか？」

秋山さんがカーネーションと僕の顔を見つめ返してから尋ねる。

「な、何かのいたずらじゃないですか、ったく最近の子供は困りますね……」

「いたずら、ですかね？」

そう言いながら秋山さんは少し思案顔だったが、受け取ったカーネーションをくるくると回すとどこか嬉しそうな笑顔を見せた。

やっぱり花のプレゼントは嬉しいのだろう。真紅のカーネーションと秋山さんの唇の間から覗く白い歯とのコントラストが映えていた。

「……やっぱり花のプレゼントはどんなものでも嬉しいものですか？」

「……そうですね」

僕の質問に、秋山さんは少しだけ顔の色を失ったようにして、小さな声で答えた。

その表情を見て、幸田さくの家から帰った時に聞いた、「花以外を好きになってはいけないんです」という言葉が頭の中に浮かび上がる。

その言葉が意味する答えを、僕はまだ知らない。

店内に新たなお客さんがやって来て、カウンターの中にいた秋山さんが接客に回った。僕から質問を続けられるのを避けたのかもしれない。

僕もその場で手持無沙汰《てもちぶさた》になってしまったので、ほうきとちりとりを持ち出して、後回しにしていた掃き掃除を始めた。手が空いたら他の仕事を自分で見つける。守さんに口を酸っぱくして言われた事だ。

壮絶に忙しかった母の日を乗り切って、少しは前よりも周りを見渡す事ができるようになっていたし、僕も一人前の花屋の店員に、少しは近づいた気になっていた。

けど、この時僕はまだ、何も知らなかった。

今までに培った花の知識も、フルールでの出来事も、このわずかな間に築き上げた何もかもが、無駄になってしまう事を――。

３輪目　透明なサンカヨウ

「お、落ち着いてくださいよ、浦田さん、き、きっとうまくいきますから」

どう見ても落ち着きが無いのは秋山さんの方だと思うのだが、この際はツッコミを入れない事にした。

フルールの中は、妙な緊張感に包まれている。今、新しい水揚《みずあ》げの方法、焼き揚げを習っている所だ。秋山さんはバラの束を、濡れた新聞紙でくるんで持ったまま、深刻な顔つきをしている。

僕は合図をもらうと、その根元を定めて、コンロの火を当てた。ジュウッ、と焼ける音がして、その箇所が炭っぽく黒く染まる。

「い、今です！」

秋山さんからの声がかかると同時に、バラを火から外して素早く水につけた。そこでようやく秋山さんも、安堵の表情を浮かべる。

「ふう、オッケーです、これが焼き揚げと呼ばれるやり方です。この後三時間近く水につけて、花がシャンとした状態に戻れば、無事成功です」

「はぁ、水揚げの仕方にも色々あるんですね」

水揚げとは、切り花などに水を吸い上げやすくしてあげる為の方法だ。切り花は根のついた花とは違って、うまく水を吸い上げる事ができないので、それぞれの花に適した水揚げをしてあげなければならない。

最も基本的なのは、水の中で斜めに花を切る、水切りだ。そして今回は焼き揚げ、というやり方を教わった。火を使う少し変わったやり方だったので、教える秋山さんの方もかなり緊張していたみたいだ。

「叩き揚げと湯揚げも、もう浦田さんは一人でできるようになっていますし、ほとんど制覇したようなものですよ、飲み込みがとても早いです」

秋山さんが讃えるように小さく拍手してくれるので、僕もどこか誇らしい気持ちになった。最近は仕事も板についてきたような気がする。やはり一年で最も忙しい日、母の日を乗り越えてかなりレベルアップしたのかもしれない。まぁその母の日が終わった次の日に、「年末はもっと忙しいぞ」と守さんから釘をさされたのだが。

五月も中旬になって、店は束の間の休息を迎えていた。

かれこれ僕がこの店に来て以来、秋山さんは、岩国のハンカチの届け先を当てたり、幸田さくと岩井真智子の確執を解き明かしたりと、意外にも見えるその見事な推理力を披露していたが、ここ最近はそんな機会もなく、平穏な日々を過ごしている。

店の棚には、ヒマワリや、ラベンダー、ペチュニア、サフィニア、ダリア、トルコキキョウなどの夏の花が並ぶようになっていた。花屋というものは大体二、三ヶ月くらい季節を先取りしている。その方が花が長く保《も》つからだと秋山さんが教えてくれた。

「こんにちはー、宅配便でーす！」

気前の良い声をあげて、宅配便の人がやって来た。手には段ボール箱を抱えている。

「えっと、秋山瑠璃さん宛ですが、よろしいでしょうか」

「はい、私がそうですが……」

カウンターから姿を現した秋山さんは、どこか意外そうな顔を見せた。

「それじゃあ、こちらにハンコお願いします！」

男は白い歯を覗かせて、抱えていた五十センチ四方ほどの段ボールの上に紙を置いた。半袖のポロシャツからはたくましい両の腕がはみ出している。それからハンコをもらうと、「どうも、失礼しましたー！」と言ってきびきびと店を出て行った。

「秋山さん、何か頼んだんですか？」

「いえ、私は何も。それに届け物なら自宅を指定しますし……」

「きっと守さんが、秋山さんの名前を使って、勝手に変なものを買ったんじゃないですか？　ネット通販なら人目を気にしないで、なんでも買えますからね」

守さんは丁度、配達に出ている最中だ。でなければこんな冗談めいた事も簡単には言えない。

しかし、そんな僕の言葉も聞こえなかったみたいに秋山さんは、これっぽっちも反応を見せなかった。何も頼んだ覚えはないが、もしかしたら何か思い当たる節はあったのかもしれない。差出人の名前欄には『同上』、とだけ記されていた。どこかのネットショップで購入したものではなさそうだ。

秋山さんはポケットからフローリストナイフを取り出し、切っ先で少しだけ裂け目を作って、段ボール箱を開けた。すると、厚手の緩衝材《かんしょうざい》と、セロハンで二重にくるんだ鉢が出てきた。その包装を丁寧に外していくと、小さな白い花が姿を現す。

可憐な花で、周りには緑のフキのような大きな葉をつけていた。華やか、というよりも清楚な雰囲気を纏っている。控えめではあるが、綺麗な花だ。

「秋山さん、なんですか、この花？」

「……」

秋山さんは、その花をじっと見つめたまま何も答えなかった。

答えが分からない、という訳ではないのは、すぐに気づいた。

「秋山さん？」

「……サンカヨウです。山に、荷物の荷、葉っぱと書いて、サンカヨウと読みます」

秋山さんが、歯切れ悪く答える。

「サンカヨウ……、初めて聞きました」

秋山さんから、続きの言葉は無かった。

明らかに何かがおかしかった。いつもなら花の名前だけでなく、その由来や特徴、豆知識などをすらすらと説明してくれるはずなのだが、今はただ、その白い花を見つめて立ち尽くすだけだった。

「……大丈夫、ですか？」

また、すぐに返事はなかった。

「……秋山さん？」

「大丈夫ですから！」

突然、大きな声があがったので、思わずのけぞる。秋山さんも同じように驚いた顔をしていた。自分が出してしまった声のボリュームに驚いているようだった。

「ご、ごめんなさい！」

秋山さんが、逃げるように店の奥へと駆け込んでいく。その走り去る背中はどこかいつもよりも小さく見えた。「大丈夫？」と聞かれて、すぐに「大丈夫だよ」と返す人は大抵、無理をして嘘をついていると、聞いた事がある。たぶん、それは本当だと思う。

今の秋山さんは、仄暗《ほのぐら》い海の底で一人佇んでいるかのような、思いつめた表情をしていた。

僕の目の前にはただ一つ、サンカヨウの花だけが残されていた。

あれから一週間が経ったが、秋山さんはどこか調子を取り戻さないままで、平凡なミスを事あるごとに重ねていた。それだけならいつも通りと言えばいつも通りなのだが、以前からの天然ボカとは勝手が違って、どこか上の空のまま、仕事をしているようにも見えるのが気がかりだった。

そんな折に、近くの通りで果物屋を営んでいる大谷が、閉店間際《まぎわ》のフルールへとたまたまやって来て、気にかかる噂を口にした。

「最近、うちの客の中に、瑠璃ちゃんの事とか、フルールについて執拗《しつよう》に聞いてくる男がいるんだよね」

その話をされたのは、僕と守さんの二人だった。大谷もさすがに直接秋山さんに話すのは避けたみたいだ。こんな話を聞いてはきっと気分を害するに違いない。秋山さんは、今一人、店の奥で今日出たゴミをまとめているので、タイミングも良かった。

「そうか、そんな事があったか……」

守さんは、特段驚く様子もなく、首をぽりぽりと掻いた。

「何か守さん知っているんですか？」と、僕が尋ねる。

「……いや、俺の勘違いかもしれないが、最近誰かに見られている気がしてな。それと関係しているのかもと思ったんだよ」

「えっ、それっていつ頃からですか？」

「夜で辺りが暗くなってからだから、丁度、今ぐらいの閉店間際の時間だな。まあ気のせいだろ。大体俺に敵う奴がそうそういるもんかってんだ、がははは っ」

守さんが胸を張って、笑い声をあげる。確かにその厚い胸板を見るだけでも、どこか不安が薄れる気もする。

僕ももう少し筋肉の一つや二つ、いや一キロや二キロでもつけば、自分に自信が湧くだろうか。いざという時に備えて筋トレでもしておこうか。その為にまずは鉄アレイでも購入しなければいけないが。

「もう閉店作業の時間だよー」

秋山さんが、店の奥から顔を出す。時計の針は八時を過ぎていた。

「おっと、それじゃあこの辺りで失礼するね、さっきの話はそこまで気にしなくていいから」

それなら、最初からそんな不安になるような事を話さないで欲しいんですけど。と言いたい所だが喉元の辺りでこらえて、代わりに「はあ……」と力なく返事だけした。

無責任にもさっさと店を出ていった大谷を見送って、僕達も閉店作業に取り掛かった。

守さんが気合の入った声を上げて、僕達に激を飛ばす。

「よしっ、うらてぃーは外の鉢しまってこい。瑠璃は店内の掃除、俺は空間プロデューサーとしてここから全体を見守って指示を出す」

「そんな役必要ないから」と、ツッコミを淡々と入れた秋山さんが、言葉をつけ加える。

「お父さんはレジ閉めして、売り上げの確認ね」

「はいはい、分かってますよ」

渋々といった感じで守さんがレジへと向かう。秋山さんも辺りに散らばった葉や、ラッピングの紙などを整理し始める。閉店作業はそれぞれが分担して取り掛かる事になっていた。僕の持ち場は店の外だ。

まず店先へと出て、小ぶりな鉢物を店の中へとしまい始める。ある程度のものであればケースごと運べるが、大きなものにはなかなか手がかかる。地味だが力のいる作業だった。

大方の鉢を店の中にしまい終わった所で、今度は掃除に取り掛かる。ほうきとちりとりを持って、辺りを掃いた。ゴミはそれほど多くない。数分で終わる事になった。

店の中からは呑気《のんき》な歌声が聴こえた。歌っているのは守さんだ。流行の歌を口ずさみながら、レジ閉め作業に取り掛かっている。歌詞の大半はうろ覚えで、めちゃくちゃだが、本人は気持ちよさそうだった。

そういえば、守さんはこの閉店作業の時間に視線を感じると言っていた。まさしく今の時間だ。

ふと、辺りを見回す。

夏至《げし》に近づいて、日が長くなっているとはいえ、さすがに八時を過ぎると、外は真っ暗だった。街灯には明かりがぽつぽつと浮かんでいる。

その時、店から通りの道を挟んだ、斜め前方の建物の陰に人の姿が見えた。

「えっ」

街灯を避けるようにしていたその黒い人影は、僕が見た刹那《せつな》、すぐに奥の通りへと姿を消してしまった。ただの通行人を見間違えたのかもしれない。

いや、自分がそう思いたかっただけに違いなかった。

紛れもなく、その人影はこちらを見ていた――。

「ま、守さん！」

店の中へと入って、今、目の前で起きた出来事を言おうと思ったが、すぐ傍にはさっきと違って秋山さんがいた。そこまで出かかった言葉が引っ込んでしまう。

「どうした、うらてぃー？」

守さんの問いかけに、少し間があってから、「……外の鉢と、掃除も終わりました」とだけ答えた。

「……そうか、ご苦労さん。分かったよ」

きっとその「分かったよ」には、僕が言おうとした事への理解が少し含まれているのではないかと思った。なぜなら守さんが、いつものおどけた調子とは違って、真剣な顔つきをしていたからだ。

傍にいた秋山さんは、僕と守さんの顔を、何度か見返していたが、そのまま何も言わずにまた店の掃除に戻っていた。

僕も落ち着きを取り戻してから、またさっきの暗がりに目を落とす。もうそこには何もなく、ただの無機質なコンクリートの壁が連なっているだけだった。

店への脅威は徐々に、ゆっくりと忍び寄ってきているのかもしれない。

いや、それとも、落とし穴のように口を開けて僕らを待っているのだろうか。

◆

「なんでここなんですか？」

「落ち着けるいい場所だろ」

「全然落ち着けないですよ、これっぽっちも」

辺りは熱気であふれていた。煙草の混ざった空気、血走った目、それに固く握りしめられた馬券。日常ではおいそれとお目にかかれない光景が広がっている。

昨日の一件から、守さんが僕との話し合いの場所に指定したのは、船橋競馬場だった。

海浜幕張駅から二駅ほど進んだ、南船橋駅の傍にある。

ちなみに、隣の新習志野駅には競艇の施設もあった。ここまでくると、もしかしたら守さんはギャンブルスポットが近くに二つもあるから、店をあの場所に開いたのではないか、という疑惑さえ感じる。

出走の合図が鳴って、レース場のゲートが開いた。各馬が一斉に駆け出すと、周りの人達も、レースを展開する騎手のように、自ずと前かがみの姿勢になる。隣の帽子を深く被ったおじさんは、汗でふやけてしまいそうなほどにきつく馬券を握りしめていた。

守さんも馬券は購入していたが、何を買ったかまでは教えてくれなかった。とりあえず既に終えた三つのレースでは、一回も的中していないのは明らかだったけれど。

「あの、そろそろ話を聞いてもらってもいいですか？」

「なんだよ話ってのは？　せっかくの定休日だってのによお」

守さんが、レース場を見つめたまま愚痴を漏らす。

「……僕、見たんです」

「何をだよ」

「守さんの言っていたように、閉店間際にフルールを覗いていた男を見たんです……」

「見間違いとかじゃないのか」

「言っておきますけどね、自慢じゃないけど僕のチャームポイントは視力の良さくらいなんです」

「視力の良さがチャームポイントってむなしいな」

「ですから、見間違いとは考えられないんです。目を向けた瞬間に相手も逃げていきましたし！」

　レースも中盤に差し掛かって、辺りも騒がしくなってきていた。やや声のボリュームを上げて守さんに訴える。

「そうか」

「あの、何か守さんは知っているんですか？」

「何かって？」

「最近の秋山さん、何か様子がおかしいじゃないですか、仕事中もどこか上の空だし、失敗をした後も暗い顔をしている事が多いし……」

「……確かに、そうだな」

「守さんはサンカヨウって花、知っていますか？　あの花が届けられてから明らかに秋山さんの様子が変わったんですよ」

「……サンカヨウか」

　守さんの眉間の辺りに、ぴくっと力が入った。

「サンカヨウについて何か知っているんですか？」

「……瑠璃の好きだった花だよ」

――好きだった。その過去形の言葉に、何か言い表しようのない含みを感じる。

「……それって、今は好きじゃないんですか？」

「好きではあるかもしれないが、それ以上にあいつを、苦しめている花でもあるな」

「苦しめている……」

レース場を走る馬が第四コーナーを回ると、辺りの熱気もピークを迎えた。後方外側から七番のゼッケンをつけた馬が駆けあがってくる。今レースの本命、一番人気の馬だった。内側四番の逃げの馬も、なんとか体を残している。勝負は際どくなりそうだった。

「言っておくが、サンカヨウの花が届けられたのは何も今回が初めてじゃないからな」

「えっ？」

「毎年、このくらいの季節になると店に届けられるんだ」

「毎年……、それで、花が届く他には何か起きたりするんですか？」

「別に何もない、ただ届けられるだけさ。その度に瑠璃は少しの間、塞《ふさ》ぎ込んだ様子になるがな」

何もない。かえってそれが不気味さを醸し出してもいた。でもそれが通例という事からも、守さんはあまり心配をしていないのかもしれない。

それからまた、僕が質問を重ねようとしたのと同時に、ため息にも似た歓声が、あちらこちらから漏れた。隣にいた帽子のおじさんも、「あーくそっ！」と言って、持っていた馬券をくしゃっと握りつぶした。どうやらレースが終わったようだ。

電光掲示板にその着順が表示される。本命だった七番の馬はギリギリ差し切ることができず、二着。一着には、七番人気の逃げ馬がそのまま最後まで残っていた。つまりなかなかの穴馬が来た、という事だ。『四―七』という着順が電光掲示板に光っている。

「……まいったな」

守さんが舌打ちをする。渋い顔を浮かべていた。

「また、外れたんですか？」

「また、ってなんだ、またって。それが当然みたいな言い方をするなよ」

「だってさっきからずっと、外していたみたいですし……」

守さんが、おもむろに馬券を見せてくれた。

四番、単勝に一万円を賭けている。オッズは二十四倍。レースの一着も四番。つまり二十四万円の配当だ。

「あ、当たってるじゃないですか！」

「……まあな」

「なんでもっと喜ばないんですか！　二十四万ですよ！」

「確定オッズは多少変動するから、ぴったり二十四万じゃないけどな」

「いやいやもっと喜びましょうよ！　大当たりなんですから！」

僕がそう言っても守さんは、どこか不満げな表情を崩さなかった。

そして、再びレース場に目を向けてから独り言のようにつぶやいた。

「……何か良くない事が起こるんだよ、俺の賭けが当たると」

◆

次の日、僕は大学からの帰り道を歩いていた。試験期間はまだ大分先だから、勉強の方には余裕がある。七月になれば否応なしに試験地獄が待っていた。さして大学に友人もいない僕にとっては、通常のコマの授業に出るのはかなり重要だ。むしろほとんど休めない。なぜなら、試験範囲発表や、突然のレポート提出などで他の人から情報をもらえないからだ。

大学でサークル活動ばかりに勤《いそ》しんでいたり、授業で代返を頼んでズル休みする者もいるが、意外とそういう人種は、周りの助けをうまく借りて凌いでいる。試験前にノートをコピーさせてもらったりして、要所要所の、レポート提出なども、パスしているのだ。真面目に授業に出ている側からすれば、全く皮肉なものだが、彼らには僕にはないコミュニケーション能力や、要領良く生きる力があるのだろう。それを認めたくないけれど、認めなければいけない。

僕も試験一週間前の授業の時に、突然面識のない男に話しかけられた事がある。そして彼は、十分くらいの雑談の後に、「今までのノートを全部コピーさせてくれないか」とぶしつけに頼んできた。ふざけんな、馬鹿野郎、半年間こっちは毎週、一人孤独にコツコツと授業に出てたんだぞ、そんなノートを見せられるか。なんて僕が言える訳もなく、結局はノートを渡す羽目になってしまったのである。

そんな小さな苦い思い出を振り返りながら歩いていると、フルールへとたどり着いた。店の中では守さんが一人、お客さんの相手をしていた。

「おっ、うらてぃー来たか！　ちょっと今手が離せないんだ、十六時に三鷹さんの所に、ブーケの配達があるから先にそっち行ってくれるか？」

守さんがレジの中から、車のキーを取り出して渡す。

「はい、分かりました、花は？」

「おう、これだ」

カウンターの端に置いてあった、小さなヒマワリとガーベラをメインに置いたブーケを守さんが差し出す。

「今日は瑠璃の奴が、大学の頃の友達と出かけてるからよ、配達も行けない状況でな、頼んだぞ」

そういえば、秋山さんも前日にそんな事を言っていた気がする。秋山さんの友人とはどんな人なのだろうか、と気になるが、店の奥へと入って、仕事着に着替えた。それから車のキーとブーケを持って店を出る。

数分で、店の車がある駐車場までたどり着いた。三鷹さんの家はもう何度か行っていたから道の心配もない。運転席に座り、シートベルトを締める。

しかし、そこからキーを差し込んで右に回そうとした所で、突如、何か得《え》も言われぬ違和感を覚えた。

どこかが、おかしい。

助手席にはブーケの花束、目の前にはハンドルとフロントガラス。横の窓ガラスからは近くの公園で、野球をして遊んでいる子供達の姿が見える。

しかし、窓を閉めているのにもかかわらず、その声がよく聴こえた。それも後ろの方から。

恐る恐る、後方に目を向けた。

そこにはぽっかりと空いたスペースが、広がっている。いや、違う、それだけじゃなかった。

そこには、尖ったガラスが散乱していた。

「なっ……」

後部座席の窓ガラスを見ると、そこには大きな穴が開いていた。まるでそこに雷でも落ちたかのような、ヒビと裂け目を作っている。そのガラスが車内に飛び散っていたのだ。つまり、外から窓を割られていた。

「なんだ、これ……」

飛び散ったガラスの中に、くしゃくしゃになった紙が包まれているのを発見した。ただのコピー用紙みたいなものである。震える右手を、もう片方の手で押さえつけてそれを掴もうとしたが、手が届かなかった。気が動転して、シートベルトを外すのを忘れていたのだ。慌てて外して、一旦、車の外に出てから後部座席側のドアを開けた。再びそのくしゃくしゃの紙に手を伸ばす。

固い。中には石が入っていた。これを投げこまれたせいで、窓ガラスが割られたみたいだ。心の中では、近くの少年達の野球ボールが飛んできたせいで割れたのではないか、とも思っていたがそれは違っていた。そんな単純な、悪意の介在《かいざい》しない所業《しょぎょう》のはずがなかったのだ。

一度、気を落ち着かせてから、その紙をゆっくりと石から剥がしていく。

そして、その真っ白な紙の中央には、ワープロで、ただ一文だけが書かれていた。

『店をやめろ』

間違いなく、その一言は警告だった。あまりにも短いメッセージであるからこそその、混じりけのない憎悪が含まれているのが分かる。

果たして、この文章はサンカヨウを送り付けた相手が秋山さんに宛てたものなのか、それとも、フルールという店に対して向けられたものなのか――。

その答えは分からなかった。頭の中で考えを廻らせていく内に、体内を恐怖心が蝕《むしば》んでいった。紙を持つ手がまた震え出す。

――まだ近くに居るのかもしれない。

ゾクッと身の毛がよだつ。慌てて車の陰に隠れて辺りを見回した。

傍には野球少年達が居たから、少しは気分も和らいだ。

しかし、その近くには、さっきまでいなかったはずの男の姿があった。

背が高い。という事は分かるが、ネットの陰にその姿を半分、隠しているから表情は分からなかった。

それから僕が目を向けた事に気づいたのか、体を反転させた。一瞬、日の光が当たって、隠れていたその顔が浮かび上がる。高い鼻に、やや骨ばった輪郭、それに鋭い目つきをしていた。今までに店で、いやこの辺りで一度も見た事のない人物だった。

その男は、背中を向けてすぐにその場を去って行った。

今の男が、石を投げつけた人物なのか、それは僕には分からなかった。憶測でものを語るにしても、あまりにも突拍子がなさすぎる。ただ近くに立っていただけだ。僕が見た事のないだけで、この辺りの住人である可能性の方がよっぽど高い。

「はぁ……」

呼吸をするのを忘れていたみたいに、ゆっくりと長く息を吐き出した。

着替えたばかりのワイシャツの背中が汗で濡れていた。石で窓が割られていた事に、ふざけんな、馬鹿野郎。なんてとてもじゃないが言えそうもない。

相手は、もうすぐそこまで来ていたのだ。


三鷹さんの家への配達には、結局大谷から自転車を借りて行った。スカイブルーの自転車にまたがり、ブーケを持つ姿は周りから見れば、滑稽《こっけい》に映ったかもしれないが、緊急事態なのだから仕方がなかった。

それから店へと戻って、配達車の窓ガラスが割られていた事を報告すると、守さんは迅速に対応してくれた。知り合いの修理屋に頼んで、窓ガラスの方は即日直してもらえるらしい。これから配達へ行くのにも、花の卸売市場に行くのにも車は欠かせないからこその、早めの対応だった。

そして、ようやく全ての始末を終えてから、店の中は、僕と守さんの二人きりになった。

「守さん、今回の窓ガラスの件ですけど、秋山さんには秘密にしておいた方がいいですよね？」

時刻は午後七時、通りからは車の走る音が聴こえる。

「ああ、あいつには余計な心配をかけたくない」

「あの、話してもらえませんか、前に競馬場で言っていた話の続きを。このままだと、僕もどうすればいいのか分からなくて……」

守さんは返事をせず、カウンターに残っていたセロハンの切れ端を、ゴミ箱へと突っ込む。

「何か、秋山さんのサンカヨウにまつわる話を知っているんですよね？」

数秒の沈黙が流れた後、守さんは重そうに、その口を開いた。

「……瑠璃は高校生の頃、サンカヨウの花がとても好きでな」

「高校生の頃……」

「ああ、それにその花を好きだったのは、瑠璃一人じゃなかった」

「……どういう事ですか？」

「その頃な、瑠璃は友達はあまり多くない方だったが、仲の良い同級生の男がいたんだよ」

「同級生の男……」

守さんが、カウンターの裏の引き出しの、奥底を探り始める。やがて順繰りに、長い間そこにしまわれていた書類や資料などが、カウンターに積み上げられた。

そのカウンターテーブルの隣には、秋山さんと一緒に焼き揚げをして元気を取り戻したバラの花が、まだ甲斐甲斐しく咲いている。今は花瓶に差されて店内のインテリアになっていた。

　積み上げられた資料が胸の高さくらいまで来た所で、最後に埃を被ったアルバムが姿を現す。

「そんなに写真は残ってないんだがな」

　守さんがアルバムのページをめくっていく。そこには秋山さんの学生の頃の写真がいくつか入っていた。ゆっくりと一つ一つを眺めてみたい気持ちもするが、秋山さんのいないこの場では、何かいけないものを見ているような気もした。

　それから、ページをめくる守さんの手が、アルバムの真ん中辺りで止まる。

「これが、そうだ」

　守さんが差し出した写真は、フルールの店先で撮られたものだった。高校の制服を着た秋山さんが、はにかんだ笑顔を向けながら写っている。その隣に、同じく学生服を着た男が立っていた。ニカッと白い歯を見せて笑っている。

「これが……」

　ただのツーショットの写真に見えるが、僕はその写真を見た瞬間、何か頭の中に引っ掛かるものを感じていた。この違和感の正体は、なんなのだろうか。

「佐田《さた》瑞樹《みずき》君って言ってな、良い子だったよ、彼も花が好きでな。それに写真を撮るのも好きだった」

目を凝らして、その写真を覗き込む。頭の中のもやもやが後少しで取れそうな所まで来ている気がした。

――佐田瑞樹。

スッとした鼻立ちに、真っ直ぐな瞳、スッキリとした輪郭。

「もしかして……」

「どうした？」

僕はこの前の駐車場での出来事を、思い出していた。

そして、頭の中に電流が走ったかのような感覚にとらわれる。

「僕、見ましたよ！」

「はあっ？」

「こ、この男なんです！　この男が見てたんです、今日、フルールの車を！」

守さんは、顔をひどくしかめた。それに、ありえない、と言いたげな表情を見せる。

でも間違いなかった。陰に隠れてはいたが、今さっき見た顔をすぐに忘れる訳はなかった。僕の中には、かなりの確信があったのだ。

「勿論、この写真から少し大人びたような感じはありましたけど、見たんです。丁度、日に照らされて……」

「ふざけるなッ！」

守さんが大声をあげた。

「えっ……」

「そんな事がある訳ないんだよ……」

「どういう事ですか？」

僕の問いかけに、守さんは目を合わせないで、そのアルバムを閉じた。

それから僕に向かって、消え入りそうな声で呟いた。

「……瑞樹君はな、もう亡くなっているんだよ」

◆

頭の中ではなかなか整理がつかなかった。家の中でも、大学でも、フルールで仕事をしていても、余計な思考が煩《わずら》わしくまとわりつく。

特に仕事の間には気を抜けなくなった。一日の終わりには疲労と緊張感がどっぷりと押し寄せてくる。ここ最近は、守さんとも話し合って、遅番を多く入れてもらうようにしてもらっていた。それについては、秋山さんもどこか気にかけているようで、今日の閉店間際の時間になって声をかけられた。

「浦田さん、最近学業の方は大丈夫ですか？」

「えっ、どうしてですか？」

「前よりもシフトに入っている事が多いので。今日も遅番ですし」

もう閉店時間という事もあって、店内にもお客さんの姿はない。守さんも暇そうに大きなあくびをしていた。

「いえ、テスト期間はまだまだ先ですし、大学生なんてこんなものですよ」

「そうですか、でも学生の本分は学業ですからね、疎《おろそ》かにしてはいけませんよ」

秋山さんが、生徒を窘《たしな》めるように言うので、僕も、「はい、分かりました」と素直に返事をした。

「それに母の日が終わってからは、店はそんなに忙しくないですからね、でも六月になればまた忙しくなっちゃうんですけど」

「梅雨のシーズンなのに、ですか？」

「うちは近くに結婚式場が幾つかあるので、それらのお祝い用の花の受注を受ける事も多いんですよ」

確かに海浜幕張駅の辺りには式場が多い。土日には礼装のスーツを着た人や、パーティードレスを着た、結婚式帰りの人の姿もよく見かけた。

「結婚式といえば、綺麗なブーケを作ったり、式場に花を飾り付けたり、と華やかな依頼が多いですからね、人の幸せを間近に感じられますし、きっと浦田さんも楽しめると思いますよ」

　秋山さんが微笑む。久々にそんな穏やかな表情を見た気がした。やはり花の事を話している間は、秋山さんにとって至福の時みたいだ。僕も話を広げようと、ここで質問を繰り出す。

「じゃあここで問題です。ジューンブライドの由来は知っていますか？」

　秋山さんは、少し悩むような表情を見せてから答えた。

「確か諸説ありますが、六月、『JUNE』の由来である、ローマ神話の結婚生活の女神『JUNO』から、この月に結婚すると幸せになれる、という事じゃなかったでしょうか」

「さすがです、ヨーロッパではその意味が正解ですね。けれど日本では少し始まり方が違うんです」

　僕は胸を張ってから、意気揚々と言葉を続けた。

「日本の六月といえば梅雨、誰だって雨の日に結婚をするのはあまり嬉しくないですからね。そこでヨーロッパのジューンブライドに目をつけた日本の企業が、梅雨の時期に売り上げを伸ばしたいと考え、企業戦略として宣伝したら、流行るようになったと言われているんですよ」

　僕の言葉を聞いて、あれほど明るさを取り戻していた秋山さんの表情が、雨が降り出す前の空みたいに曇った。僕も言ってから気づいた。

なんてネガティブな情報なんだろうと。

「……あまり知りたくない豆知識ですね」

秋山さんが寂しそうに呟いた。

「あっ、いや、でも、実際の所、六月は結婚すると幸せになるとされていますし、女神の月には変わりないですからね！　そうですよ、幸せ間違いなしですよ！」

慌ててフォローを加えたが、その効力は乏しい。もう、この話題から話をずらしたかった。

「いやーでも結婚式っていいですよね、秋山さんもウエディングケーキとか豪勢なものにしてみたいとか思いませんか？」

テンパっていたので、なぜかケーキの話題を振ってしまった。秋山さんなら甘い物は好きだろう、という浅はかな魂胆《こんたん》だった。

「うーん、私甘い物あまり好きじゃないんですよね。特にあんことか苦手で」

「い、意外ですね」

どうやらまた選択肢を間違えたみたいだ。というか、あんこでできたウエディングケーキなんてどう考えてもある訳がないが。

「あっ、そろそろ閉店作業を始めましょうか」

話も区切りがついたので、秋山さんがそう言った。

「そうですね、じゃあまた僕は外に」

「お願いします」

僕は店先へと出て、外に出ていた鉢を店の中へと戻す作業に専念する。もう閉店作業にも慣れたものだ。明らかに時間を短縮できるようになっていた。

そして鉢を運び終えてから今度は、ほうきとちりとりを取り出して、辺りを掃き始める。

「浦田さん、そっちが終わったら、こっちを手伝ってもらってもいいですか？」

「あっ、分かり……」

秋山さんが店の中から顔を覗かせたその時だった。

僕の視界にまた人影が映った。

「浦田さん？」

その男はじっと物陰から店の様子を伺っていた。そして、僕と目が合った瞬間、また前と同じように体を反転させた。この前の閉店間際の時も、フルールを見つめていた男に違いなかった。

「おい、待て！」

僕は、矢のように、走り出していた。無意識に体が動いていた。「浦田さん！」と店から呼ぶ声が聞こえる。でも僕は足を止めずに、再び姿を現した男の影を追いかけていた。

不思議と、石を投げ込まれた時のような恐怖心はなかった。傍に秋山さんが居たし、この場を守らなければいけないという気持ちの方が強かったのかもしれない。

相手は路地を曲がり、駅の方へと大通りの道を走っていた。行き交う人の中を蛇行するように進んでいる。僕もその後を追いかけた。相手は革靴を履いていて走りにくそうだった。これなら追いつける。

丁度、その先の信号が赤になり、車が目の前を走り出すと、男も足を止めざるを得なかった。急に通りの反対側へと行こうとした所で、その瞬間に、僕はタックルするように飛びついた。

「いでっ」

男が声をあげる。

「動くな！」

その男は取り押さえられた直後、まくした立てるように喋り始めた。

「一体何をするんだよ、このブランドもののスーツが汚れたらどうしてくれるんだ、浦田っちに弁償できるような代物じゃないんだからね！」

その声と呼び方に、我が耳を疑った。

「一体どういう事なんですか」

呆れた思いを拭えないまま、僕は店へと戻ってきて再度、質問を繰り返した。

浦田っち、と僕を呼びそうな軽い人物は一人しかいない。そう、逃げ出したのは、何度か店へとやって来ていた常連の男、三上だった。

当の本人は悪びれた様子もないまま、フルールの店の椅子に座っている。後ろからその肩を守さんが押さえつけていた。

「だからー、さっきから言ってるだろ、僕は地域の花屋の総合ポータルサイトを作ろうと思っていて、この辺りの色々な花屋の情報を集めていただけなんだよ」

三上が胸のポケットから、紙を取り出す。そこには千葉県北西部の花屋がある場所に赤いマルが付けられていた。

「嘘じゃないだろうな」

守さんが押さえつけていた手に力を込める。

「う、嘘じゃないって、こんな手の込んだ真似する訳ないでしょう。さっきの浦田っちも意外と力が強いから困ったもんだよ」

三上がスーツの汚れを払いながら愚痴を垂れる。フルールで力仕事を毎日のようにしている内に、少しは筋力がついたのかもしれない。二の腕の辺りをさすりながら、また三上に尋ねる。

「なんで、あんな離れた場所からこっそりと見ていたんですか？　店の中に入って直接聞いたりすればよかったでしょう」

三上は、身振り手振りを交えて答えた。

「花屋の本当の仕事風景が見たかったのさ、スタッフの雰囲気を知るには素の瞬間を見るのがベストだったからね」

「紛らわしい野郎だ」と、口を挟んだのは守さん。

「大谷さんの店で、フルールの事を聞きまわっていたのも三上さんですか？」

「大谷？　ああ、あの果物屋のね、そう、それも僕だよ。ついあの店も店員さんの雰囲気が良いから話しこんじゃってさ」

「店の車に石を投げたのもお前か？」

「はあっ？　石？　なんの事だい？」

そう尋ねた守さんの手に、一層力がこもる。チョークスリーパーでもしかねない勢いだ。

「正直に言え」

「だ、だからなんの事だか分からないって、僕はただ店の事を調べていただけで、そんな嫌がらせをする訳ないじゃないか！」

三上がいつもの気取った雰囲気を失って必死に答える。どうやら嘘はついていないようだ。持ち物からも分かるように、本当に三上は花屋のポータルサイトの制作の為に、情報を集めていただけみたいだ。以前、去り際に、僕の事を注視《ちゅうし》していたのも、店員としての態度を確かめていただけなのかもしれない。

「ちょっと待って、お父さん」

それまで静観していた秋山さんが口を挟んだ。

「店の車に石を投げられた、ってどういう事？」

「いや、それは……」

「いいから話して」一言、そう言ってから今度は僕の方を向いた。「浦田さんも知っているんじゃないですか？」

「その……」

「さっきあんなにも浦田さんが血相変えて、走っていく姿を見て確信しました。遅番にずっと入っている事も関係していますよね。ここ最近、私にどこか気を遣っている様子も伺えましたし」

秋山さんが真剣な顔つきで僕を見据える。もうここから話をはぐらかせる訳がなかった。守さんも、仕方がない、といった感じで頷いた。

そして僕は、今に至るまでの顛末《てんまつ》を話す事に決めた。

「まずは、ですね……」

最初に、実際は三上が関わっていた事を話した。大谷の店にフルールの事を嗅ぎまわる人物が居たり、閉店間際に店を監視する人物が居た事。これらに関しては、今回三上が捕まって真相が明らかになったが、続く、配達用の車に石が投げ込まれていた事を話すと、秋山さんの顔色も深刻なものに変わった。

「なるほど、分かりました……」

「この事を黙っていたのは、余計な心配をかけたくなかったからなんです……」

僕が言葉を付け加えると、秋山さんは小さく頷いてから答えた。

「それは納得しました。でもここまで事件が広がった以上、全員で考えなければいけない問題だと思います。これからは隠し事は無しにしましょう」

「瑠璃さん、僕も何か力になれる事があれば……」

そう、言葉を挟んだのは三上だった。「お前は出て来るな」と言って、守さんがその頭を小突く。

「いててっ」

「もう帰って良いぞ、ただし金輪際《こんりんざい》余計な真似はするなよ。客として来るだけなら歓迎してやる」

守さんが三上を離して、椅子から立ち上がらせた。

「は、はあ、それじゃあ……」

店を出ていこうとする三上と目が合う。そして、入口の近くにいた僕の元にすり寄って来た。

「ねえ浦田っち、僕は今回の件ですっかり瑠璃さんの好感度を下げちゃったと思わないかい？」

小声で話しかけてきた三上に、「はあ、まあそうですね」とその気なしに答える。元々、好感度なんてあってないようなものだと思っていたが、とりあえずこの場は適当に合わせる事にした。もうとっとと三上には帰って欲しいのだ。

「僕がポータルサイトを作る為に花屋を廻っていたのは事実だけど、ところがどっこい実はね、この店へ何度も来ていたのは、瑠璃さん目当てだったから、というのもあるんだ」

とっておきの秘密、みたいに言っているけど分かり切っていた事だ。ますます腹立たしい気持ちが湧いてくる。

そして、三上は一層、僕の耳元に口を寄せて喋りかけた。

「そこでさ、お詫びの品と言ってはなんだが、今度瑠璃さんに、何かプレゼントしようと思うんだ、浦田っちは、一緒に働いているんだから好みのものとか知っているだろ？　僕の好感度が一気にうなぎのぼりしそうなプレゼントがあったら、教えてくれないか？」

「うーん、そうですね」

頭を捻ってから、思いついた答えをこっそりと口にした。

「甘い物なんかいいと思いますよ、特にあんこのたっぷり入ったどら焼きとか」

◆

三上の事件から三日が経ったが、フルールを包み込む雰囲気は、薄日も差し込まない曇天のように暗いままだった。秋山さんも、お客さんが来た時にはなんとか笑顔で対応していたが、店に一人で居る時は、思いつめたような顔をしている。

店をつけ狙って観察していた人物は、三上だと分かった。しかし、車の窓ガラスを割り、『店をやめろ』とのメッセージを送ってきた人物は、未だに謎のままだ。

他に関与している人物は誰なのだろうか。店に届けられたサンカヨウからも、佐田瑞樹の事は何らかの繋がりがあるのだろうが、当の本人は、既に亡くなっている。

もう少し佐田瑞樹について知りたいとも思っていたが、まだ聞けずにいた。守さんはあれ以来、話してくれそうな気配もないし、秋山さんに直接聞くのもできる訳が無かった。

今、秋山さんは店の奥で一人、アレンジ作りをしている。実を言うと、今日はかねてから準備していたものがあって、その話をしたかったのだが、前よりも距離を置かれている気がして、二の足を踏んでいた。

そこでひとまずその用事は後回しして、他に仕事はないかと、店内を見回した。

「あっ」

カウンターの中のラッピング用紙が切れかかっているのが目に入った。いつもなら事前に補充の用紙が傍に置かれているものだが、まだ用意されていなかったのだ。

新しい用紙は、植物の図鑑などがある、やや背の高い棚の上にまとめて置いてある。残りが少なくなると、背の届かない秋山さんが、守さんに声をかけて取ってもらっていたのが日常的な習慣でもあった。しかし、それすらも忘れていたみたいだ。最近の落ち着かない事態が影響しているのかもしれない。

今回は僕が自ら補充をしておくべきだと判断し、棚の傍に立って手を伸ばす。背伸びをしてなんとか届く位置にあったので、台は必要なさそうだった。

棚の上から真紅の紙にお洒落な英字がプリントされたラッピング用紙が顔を出す。それを引っ張り出した所で、動きが止まった。

ふいに、上から何かが落ちてきたのだ。

「うわっ！」

金属が床にぶつかる甲高い音がして、思わず身をかがめた。運よく、その物体が僕に当たる事はなかった。

棚の上から落ちてきたのはハサミだった。

なぜこんなありえない場所にあるのか。こんな所に置いた事なんて今までで一度もなかったはずだ。守さんは刃物の取り扱いには、かなり気を張っているし、秋山さんはこんな所に、わざわざハサミを置くには背が足りない。

まさか、フルールにはいない第三者、車の窓ガラスを割った男がここに置いたのだろうか。あらゆる出来事が疑心暗鬼に拍車をかけてしまう。

「浦田さん！」

突如、店の奥でアレンジに取り掛かっていた秋山さんが、血相を変えて飛び込んできた、

「どうしました、何かあったんですか！」

その眼差しは真剣そのもので、それに不安に囚われているようでもあった。昨日の三上の一件もあり、神経を張り詰めていたに違いない。

「い、いいえ、ちょっとつまずいちゃっただけなんで、全然大丈夫ですよ」

ハサミの事は言わないでおいた。何の確証も得られていないのに、余計な心配をかけたくもなかった。これはまた秘密を作ったとか、そういう事にはカウントされないはずだ。

「そう、ですか……」

秋山さんが、ふうっ、と大きく息を吐き出す。それからまた店の奥へと戻っていこうとしたので、この機を逃してはいけないと思った。

準備してポケットの中に忍ばせていたあるチケットを取り出す。この為に守さんも花の配達を一手に引き受けて、二人になる機会を作ってくれたのだ。

守さんの恩義に報いる為にも、思い切って秋山さんに声をかける。

「あの、秋山さん！」

秋山さんが、「どうかしたんですか？」と言いたげに振り返る。

「あの、その……」

次の言葉がうまく出てこない。思えば面と向かって、女性をどこかへ誘うなんて初めてだ。チケットを持つ手が情けなくまごつく。

「あの、ですね、このチケットを偶然手に入れまして……良かったら一緒にどうかなあ、と。例えば今週の日曜日とか……」

僕が持っていたのは、近くの稲毛海浜公園の中にある、花の美術館の入館券だ。

これは、守さんから、「近頃店に起きている事件の事もあるし、瑠璃が元気ないから連れてってやってくれ」と、渡されたものでもある。

わざわざ元気のない娘の為に買ってくるなんて、守さんも優しい所があるなあ、とも思ったが、たまたま大谷から譲り受けたものだと分かって、そんなに評価は上がらなかった。

しかし、何はともあれ、二人分の入館券がここにあるのは確かだ。

「稲毛にある、花の美術館ですか」

やはり、いつものような反応を見せてはくれない。これが以前だったら、このチケットを見た途端に、盆と正月が同時にやって来たような歓喜の笑顔を見せながら小躍りして、即座に承諾してくれたはずだ。

「うーん」と、秋山さんは少し頭を捻ってから、「日曜日は忙しいかもしれませんし」と付け加えた。

「その日なら、既に守さんから了承を得てるんです。店の問題はありません！」

ここまで来て引き下がる訳にはいかない、もう前に進むしかなかった。ここは崖っぷちなのだ。撤退の二文字はない。

「それに、五月はネモフィラや勿忘草《わすれなぐさ》の花が庭でたくさん見られるみたいですよ！」

「ネモフィラと勿忘草がたくさん……」

秋山さんがおうむ返しに言葉を繰り返す。少し風向きが変わった気がする。

「それにローズガーデンも開放されているので、バラの花もたくさん見られますよ！　バラの庭ですよ！」

「バラの庭……」

秋山さんの小鼻がぴくっと広がった気がした。あともうひと押し。

「それに施設の中は、たくさんの紫陽花《あじさい》で彩られているみたいですよ！　ここ最近はこの美術館にも行ってなかったんですよね？　是非、この機会にいきましょう！」

「うーん、うん……」

目をきょろきょろとさせて、何度も物欲しそうにチケットに視線を向けている。横に傾けていたはずの首が、少しずつ縦の方向に変わっていた。体は正直だ。

まだ具体的な返事をもらった訳でもないが、たぶん、もう日曜日の予定は空けておいても大丈夫そうだとこの辺りで確信した。


日曜日。五月晴《さつきば》れ、と言いたくなるような青空が広がっていた。正式にはこの言葉は梅雨の間の、すがすがしく晴れた日を指すらしい。だから、まだ梅雨入りしていない今、実際は正しくない。それにこの五月晴れの五月とは旧暦の話なので、今だと六月に当たるからその点でも間違っている。まぁそんなまどろっこしい事は、脇に置いといて、「今日は穏やかな五月晴れですね」と言ってしまっても文句はどこからも出て来なさそうな陽気だった。

花の美術館までは、バスを利用してきた。施設のすぐ目の前にバス停があるので交通の便も良い。入口の門をくぐるとすぐに、多くの色鮮やかな花が出迎えてくれる前庭が見えた。一気に辺りの景色が変わる。

ネモフィラ、勿忘草などの青紫色の爽やかな花が最初に目についた。それからアリッサム、ポピー、キンギョソウなどの花も所々に咲いている。

バスに乗っている間は明るい表情を見せていなかった秋山さんの目にも、若干、光が戻ったような気がした。間違いなくこの景色のおかげだ。

「どうですか秋山さん。もう花に駆け寄って、写真を撮ったり、好きなように戯《たわむ》れてきたっていいんですよ」

「そ、そうしたいのは山々ですが……」

秋山さんは、うずうずとした気持ちを抑えつけているようだった。そこでまずは、館内に入る前に前庭の花を十分に堪能する事にした。

日曜日というのも手伝って、他のお客さんの姿も多かった。その人達の中に混じりながらたっぷり一時間近くをかけて、まるで重箱の隅《すみ》をつつくかのように、前庭の花を眺めた。そして満を持して施設の中へ入ろうと入口の前まで行った所で、秋山さんが僕の服の袖を引っ張った。

「えっ」

思わず声をあげてしまう。

「あの、浦田さん……」

服の袖が引っ張られてピンと張り詰めている。これは、なんのアクションだろうか。もしかして、いわゆる手を繋ぎたいサインなのだろうか。いやいや、そんな事はありえないか。でも、確かに人も多いし、それに花に夢中になってふらふらとどこかへ行ってしまう秋山さんなら、さくら広場に行った時のように、はぐれてしまう可能性も高い。だから秋山さんも僕と手を繋《つな》ぎたいと思っていたのだ。

と、いう事は一切なかった。

「まだ後ろの庭を見終わっていませんよ、そちらがローズガーデンになっていますから」

「あっ、そ、そうですか！」

淡い期待を抱いて胸を膨らませた僕に、チクリとバラの棘《とげ》が刺さって空気が抜けてしまったような心地がする。また得意の勘違いだ。

気を取り直して、施設の裏側へと回った。バラのゲートをくぐると、そこには噂にたがわぬ、綺麗なローズガーデンが広がっていた。丁度、見頃の良い時期にやって来たので、この場所目当てで来ている人も多かった。中にはまだ蕾《つぼみ》の花もあるから、まだこれからも十分に、楽しめそうである。

僕が目を引かれたのは、芸術家にちなんだ名前のバラを集めた『バラの美術館』というコーナーだ。

ピンクのバラの『レオナルド・ダ・ヴィンチ』、鮮やかな紅色をした『ピカソ』、ピンクに黄色を織り交ぜたレースのような花びらの『クロード・モネ』などの花が並んでいる。

そういった名前を知ってから花を見ると、また興味が広がった。秋山さんも、フルールでは取り扱っていないバラの花を見られた事に、ここ最近では見せなかった満足げな表情を浮かべていた。ひとまず、今日ここへと連れてきたのは成功だったみたいだ。ちなみにまだ、館内へ入ってすらもいないけれど。

　それからようやく館内に足を踏み入れると、普段お目にかかれないような、花の世界が広がっていた。聞きなれないカタカナの名前が花の横に添えられている。それにアトリウムガーデンと名付けられたこのエリアは季節の花で構成もされている為、紫陽花の花が多く咲いていた。といってもまだ時期としては、やや早い。沿道の紫陽花もまだ蕾のままの方が多かったはずだ。

「ここはもう紫陽花がたくさん咲いているんですね」と、僕が質問のように呟くと、秋山さんがすかさず答えてくれた。

「はい、花屋が二、三ヶ月季節を先取りしているのと同じようなものですね、大体ここは一ヶ月ほど先取りしていると思います。といっても管理ができる館内だけのようですけどね」

　なるほど、秋山さんが前に言っていた、フルールと同じ理由だったのか。確かにその方が花持ちもいいはずだろう。

「そういえば、紫陽花って青紫が一般的かと思ってましたけど、結構たくさん他の色もありますよね。公園に咲いている紫陽花も場所によって色が変わったりしますし」

僕は再び、紫陽花についての質問を秋山さんにしてみた。

「それはですね！」と言って、秋山さんの語気が少しだけ強まった。こんな風に夢中になって花の説明をしてくれるのも久し振りだ。にやけそうになる顔を意識して引き締める。

「辞書で『七変化』と引くと、『紫陽花の別名』と出るように、紫陽花の色の変化は有名です。それは老化現象の一種でもあるのですが、一番の理由は、土壌の酸度が関係しているんです、紫陽花の花の色はアントシアニン系色素が働いて、発色します。土壌が酸性に近いと青色になり、反対にアルカリ性が強くなるにつれて、紫、ピンクと色が変わっていくんです。日本は雨が多く土壌の酸度が高いので、青紫の紫陽花が多く見られますね」

「だから微妙に場所が違うだけで、同じ品種でも色が変わったりするんですか」と言ってから、また別の疑問が湧いてきたので聞いてみる。「じゃあ白色の紫陽花もありますけど、あれはどういう事なんですか？」

「白花系は、元々色素を持たない種類なので、土壌の酸度は関係ありません。大体、日本の紫陽花は五十種類以上とあるとされており、様々な品種がありますからね」

「五十種類も……」

そんなにも種類があったとは驚きだ。紫陽花ならこれからの季節、街中でもよく見られるはずだ。今度、注意深く見てみよう。

紫陽花の説明を一通り終えると、秋山さんは軽やかな足取りで、館内を巡った。開催中のハーブ展のブースに行き、ここ最近リニューアルされたという中庭でも時間を過ごした。それから万遍なく一階の花々を鑑賞し終えて、今度は温室の中へと移動した。

そこはまた別世界だった。あっという間に自分の背丈をゆうに超えるような植物に囲まれた。滝も用意されていて水の音まで聴こえるし、まるでジャングルの中に迷い込んでしまったような気さえする。一際でかい、ダイオウヤシ、ミツヤヤシなどの木は、十五メートル以上も伸びていて、高い天井に今にも届かんばかりだった。温室の中の植物はどこかユーモラスだ、いや、ユニークの方が合っているかもしれない。

他よりも幾分か温度の高かった温室を抜けて、今度は館内の二階へとやって来た。ここには展示室や図書室がある。そこを抜けると、屋上庭園があった。個人的に僕は、この場所が一番好きかもしれない、と思った。

そこからは、ネモフィラや勿忘草などの花が咲いていた前庭が悠然と見下ろせたからだ。それに撫でるような気持ちの良い風が吹いていた。

僕は、しばし時間を忘れて、その場所でぼうっと景色を眺めていた。

「……最近、前よりも花のこと好きになってる気がするんです」

どこか僕も穏やかな気持ちに満たされていて、いつの間にか語り始めていた。でもそんな話をするのは気恥ずかしくて目の前の景色をじっと見つめる。

「花に癒される人の気持ちも前より分かる気がするんです。まだうまく言葉で説明できないんですけど……」

秋山さんからの返事はなかった。

「あの、聞いてます？　秋山……」

そこに、秋山さんはいなかった。

「さん……」

一瞬で血の気が引いた。

何か得体の知れないものを誤って飲み込んでしまった時のように、胸の中がざわつく。

サンカヨウが店に届けられた日から、フルールの日常は一変してしまった。そしてその花は、秋山さんに向けられて贈られてきたものだった。犯人の狙いは秋山さんに違いないのだ。

その秋山さんが姿を消した。どこかへ行ってしまった、もしくは犯人の手によって――。

嫌な予感が頭の中を駆け巡って、たちまち僕はその場を飛び出していた。入って来たドアを開けて、館内へと戻り、辺りを見回す。

「えっ」

予想に反して秋山さんは、すぐに見つかった。というか、ただ単に、すぐ傍の図書室で夢中になって本を読んでいただけだった。

「はぁ、よかった……」

どっと力が抜ける。秋山さんは、珍しい花の資料か図鑑でも見つけたのか、試験一週間前の受験生が参考書をめくるように、一心不乱にページを手繰《たぐ》っている。どうやら僕の早合点《はやがてん》だったようだ。ここ最近の度重なる事件のせいで、何でもネガティブに考え過ぎていたらしい。

秋山さんは考え事をする時みたいに、唇を軽く尖らせて、集中した様子で本を読んでいた。声をかけるのも少し悪い気がする。そっとしておいた方がいいのだろう。僕は図書室を出た先のエレベーターの辺りで、秋山さんのほとぼりが冷めるのを待つ事にした。

そこからスロープの手すりにもたれかかって、階下を見下ろすと、一階の様子がよく見えた。この花の美術館は季節によって展示するものが、かなり異なるみたいだ。そこで僕の胸に去来していたのは、また季節が変わった頃に、この場所を訪れたいという強い思いだった。できれば……いや、必ず秋山さんと一緒に。

今度来る時は僕がお金を出して、併設されたレストランで食事でもしよう。もう、それは完全なデートに思える。いや、今日の二人も傍から見ればカップルに見えるに違いない。そう思うと今まで歩いてきた脚の疲れも吹き飛ぶような気がした。

でも僕はすっかり忘れていた。

最初に岩国がスイートピーを買いに来た時と同様に、来るぞ来るぞ、と思った時には何もなく、安心しきった時に事件はやって来る事を。

だからそれも、突然やって来た。

――ドンッ。

と強い音がして、衝撃が伝わってきた。気づいた時には僕の体は宙に投げ出されていた。声も出なかった。ただ周りだけがスローモーションのように見えた。遠くから聞こえる短い悲鳴が、右耳から入って左耳に抜ける。

流れる時間が異様に長く感じた、このまま死んでしまうのだろうか。

いや、そんな事はなかった。二階のスロープから投げ出された僕は無事だった。むしろ、ほぼ無傷だった。丁度、僕が落ちたスロープのすぐ下には植物の植込みがあったので、かすり傷を負っただけで済んだのだ。

「浦田さん！」

周りの人の悲鳴を聞いて、秋山さんも飛んで走ってきた。スロープの手すりを掴んだ手は震え、瞳の奥も絶え間なく揺れている。

僕は、明らかに誰かから背中を押された。

しかし不可解な点はあった。犯人が、この場所で僕を突き落としたという事だ。僕に致命傷を負わせたかったり、もし殺したかったのなら、もっと別の場所を選ぶはずだ。

さっき一人で、屋上庭園に居た時なんて格好のチャンスだったはずなのに。

けれど犯人はそれをしなかった。きっと、あえてここに植込みがあると分かった上で僕を落としたに違いなかった。傷を負わせる気はなかったのだ。

つまり、これは最終警告なのかもしれない。

『もう次はない』というメッセージが込められているのだろう。

そして、犯人の狙いは、秋山さんだけではなかった。

――僕も標的だったんだ。

◆

帰りは行きとは違ってバスを使わなかった。秋山さんが、寄りたい所があると言いだしたので、僕達は海沿いの大通りへと出て、そこから海浜幕張方面に向かってまっすぐ歩いていた。

館内で僕が転落した際は、施設の人にも自分の不注意で落ちてしまったと言ったから、口頭で注意を受けるだけで済んだ。実際怪我を負ってもいなかったし、逆にここで事を荒ら立てれば、犯人が逆上する可能性も考えられたから、大事にはしたくなかったのだ。

僕は、今になって改めて恐怖を、身に感じ始めていた。

犯人の狙いには僕も含まれていたのだ。今思えば、あの車へと投げ込まれた『店をやめろ』というメッセージは僕に向けられたものだったのだ。これほどまでの悪意を人から向けられた事もなかった。その現実を突き付けられると、どんどん悪い方向へと想像が広がってしまう。

落とされたのが一階の地面じゃなくて、まだ良かったのか、と前向きにネガティブしてみても、気休めにもならなかった。なぜなら犯人はあえて、狙ってそうしたのだ、次には真の凶行が待っているはずなのだ。

十五分程道なりに歩いた所で、花見川《はなみがわ》にかかる美浜大橋の所までやって来た。この辺りは他より一段小高く、海を見下ろすのに絶好のスポットになっている。

その場所までやって来た所で、秋山さんが「こっちです」と言って海側へと曲がった。そこからは沖に向かって突堤《とってい》が、ひらがなの『し』を逆さまにしたように伸びている。

秋山さんは、階段を下りて海岸線の傍まで来ると、その検見川の浜の終点の位置から伸びる、突堤の上を歩き出した。僕は近くを通った事はあったが、この上を歩くのは、初めてだった。

二メートル弱くらいだった突堤の上の道幅が、岸から五十メートルくらい離れると、倍くらいに広がった。その広がりが始まった場所の端には、非常用の浮き輪が用意されている。その浮き輪から数メートルの位置にあったベンチに、秋山さんが腰かけた。

「浦田さんも、どうぞ」

秋山さんが、ベンチの隣に手を置いたので、僕も座る事にした。

まだ突堤はずっと先に伸びていて、先端までいくと、四百メートルくらいはありそうだった。周りには釣り人も多く、大体の人は自転車でかなり先まで進んでいる。

それに近くには県立の高校もいくつかあるので、部活の走り込みだろうか、突堤の先に向かって走っている高校生の姿も多かった。海で部活練習だなんて、なんとも青春らしい。夕日に反射する汗が、きらめいているようにも見える。

もう日はゆっくりと落ち始めていた。千葉からだと東京湾は、海に落ちる夕日を見る為の貴重な存在だった。東の太平洋側を眺めても、海に沈む夕日を望む事はできないからだ。たぶん、太平洋側に位置する県の中で、この光景を見られるのも、そう多くはないだろう。

寄りたい所がある、と言った秋山さんは、この場所を前から知っていたのだろうか。

「……私、浦田さんに話さなければいけない事があるんです」

夕日を見つめていた秋山さんが、ゆっくりと口を開いた。

「あんなにも浦田さんを危険な目に遭わせてしまいましたからね……、これ以上黙っている訳にもいきません」

「いや、でもさっきのは僕の不注意で……」と口を挟んだが、秋山さんは首を振った。

僕の嘘に気づいていない訳がなかった。

「私のせいです。私は、罪深い人間なんです……」

秋山さんが服の裾をきつく握りしめる。

罪深いとは、一体何を意味するのか。穏やかな周りの波の音とは正反対に、僕の胸の内は落ち着きを無くしていく。その言葉の続きを聞くのも、少し怖かった。

「……もう十年近くも前の、私が高校生の頃の話です」

秋山さんが、ポツリと言葉を漏らすように告白を始めた。

「高校に入りたての私は、引っ込み思案な性格も災いして、うまく友達ができなかったんです。でもその中で、唯一仲良くなった同級生がいました。それが……佐田瑞樹君、という人です……」

佐田瑞樹。その名前を聞いて、守さんが見せてくれた写真の姿が、脳裏《のうり》に浮かぶ。

「彼は男の子にしては珍しく、花が好きな人でした。最初はそれが理由で仲良くなったんです。カメラが趣味だったので、よく綺麗に撮れた花の写真を見せてもらったりもしていました。今思えば、私があの時唯一、家族以外で心を開いていた相手かもしれません」

秋山さんはじっと前だけを見つめていた。その視線が夕日を見ているのか、それとも海を見つめているのかは、分からなかった。

「二人で一緒に多くの時間を過ごしました。実は、この場所にも二人でよく来ていたんです。高校も近くでしたから思い出の場所でした。それでも私達はその頃、まだ付き合ってはいなかったんです。でもお互いに相手の事を好きだ、という淡い恋心には気づいていました。ただ、その告白をするようなタイミングをどこか見失っていたんです。だから彼はそこから一歩踏み出したかったんだと思います。彼は私に秘密で、ある花の写真を撮りに行こうとしました……それが、サンカヨウです」

苦しそうに、秋山さんはその花の名前を呼んだ。毎年、店に届けられるという、あの白い花の名だ。

「私は一度、花の図鑑で、山に自生するサンカヨウの写真を見て、その美しさに一目惚れしてしまったんです。その話を彼にした事がありました。だから彼は、野生のサンカヨウの写真を撮って、私を驚かせようとしたんだと思います。そしてそれを機に、胸に秘めた想いを伝えようとしていたのも、後になって知りました……」

その言葉は、少し意外だった。僕が店で初めてサンカヨウの花を見た時、確かに可憐な花には見えたが、一目惚れする程、綺麗な花だとは感じなかったからだ。もっと綺麗な花なら他にもあると思うのだが、秋山さんは、それでもサンカヨウに惹かれたみたいだった。

「……サンカヨウは、山深い林の中で自生する高山植物《こうざんしょくぶつ》です。普通の花屋ではほとんどお目にかかる事もできません。だから彼はその写真を撮る為に一人、山へと入ったんです。手ごろな観光地で撮ったり、市場に出回るものを見つけてもよかったのでしょうが、彼はそれを良しとしませんでした。きっと自分の懸けた時間や労力が、想いとして表れるものと思っていたのかもしれません……」

秋山さんは、そこで今まで海の中に潜っていたかのように、息を深く吐いた。

この話の続きに良い結末が来ない事は、僕にも分かっていた、

「……でも、彼が再び帰って来る事はありませんでした。彼は山で滑落《かつらく》した際に頭を打って、亡くなってしまったんです」

声が、震えている。

かける言葉が、見当たらなかった。

「……私は彼を失い、軽率な発言をした自分を責めました。そして、あれほど好きだった花に対しても、前のように接せられなくなり、視界に入れるのも嫌になってしまったんです。私は学校を休み、誰とも話さずに自室の中でこもりがちになりました……そんな時に私の元にやって来たのが、彼のご家族でした」

秋山さんは、震える声をなんとか押さえつけて、話の続きを語った。

「彼のご両親は、私の事も知っていました。彼自身も中学時代は内向的で、高校に入ってもうまく学校に馴染めていなかったのですが、私と出会ってから以前よりも明るくなって楽しそうに学校生活を過ごしていた事を、快く思っていたそうです。そんなご両親

から渡されたのが、サンカヨウの花でした。その花は瑞樹君が、最後に手の中に握りしめていたものだと言われました。滑落する時に、藁《わら》をも掴む思いで握っていたのかもしれません。そして、ご両親は私に対して、『自分を責めないでいい、あなたにはまた花を好きになって欲しい』と、言ってくれたんです」

「……それで、秋山さんはどうしたんですか？」

「……私がこの花を本当に受け取っていいのか、どうか悩みました。私に受け取る資格なんてないと思ったんです。でも彼のご両親も辛いはずなのに、私を責める素振りは一切ありませんでした。また瑞樹君の事をとても慕っていた、まだ中学生だった彼の弟も、『兄を忘れないでいてください』と優しく言葉をかけてくれました。私は、そこで決意したんです。また花と共に、ずっと生きていく事を……」

秋山さんが、最後の力を振り絞って言葉を続けた。

「私は花に救われたんです。だから私はずっと花を愛して、自分が救われたように、他の人にも接していきたいと思ったんです。それが私にできる、唯一の償いなんです……、私は花以外を好きになってはいけないんです……」

秋山さんが、喋るのをやめた。

今までの全てが、繋がったような気がする。

まるで、勿忘草の話は秋山さんを表しているようだった。だから最初の霊園に行った際に、あれほど岩国の事を気にかけていたのだ。それに、駐車場を出る際に、ふと墓地の方を見ていたのも、きっとそこに佐田瑞樹のお墓があったからなのだろう。

花以外を好きになってはいけない、というのもそういう事だったのだ。秋山さんは花に救われた、とは言っていたが、それでもサンカヨウは当時を鮮明に思い起こさせるものに違いない。差出人の名もなく花が毎年届けば、誰かに責められているような気もするだろう。だから店に花が来た時も、あんな表情を見せたのだ。秋山さんは、自らに重い十字架を背負わせて、今日までを過ごしてきたに違いなかった。

普段の明るく、周りの人までもを笑顔にさせるような秋山さんの姿は、もうどこにもなかった。いつもの表情からは、こんな過去が秘められているとは想像もつかなかった。日常、何気なく過ごしている相手にもそれぞれ、こんな過去が隠されているのだろうか。

もしかしたら、そうやって相手の過去に想像力を働かせてみるだけで、少しは人に優しくなれるのかもしれない。きっと、みんなどこかで悩みを抱えている。近くであくびをしながら釣り糸を垂らしているおじさんも、白い歯を見せて笑いながら駆けているあの高校生達も、きっとそうなのだ。

「……サンカヨウは毎年届けられていたんですよね？」

僕の質問に、秋山さんはコクリと頷いた。

「ええ、毎年彼の命日が近くなると届いていましたが、それだけでした……」

それから、力なく秋山さんがポツリと呟いた
「……誰が今、こんな事をしているのでしょうか」

秋山さんの過去と、今起きている事件は何らかの繋がりがあるに違いなかった。そして僕が駐車場で見た、佐田瑞樹とそっくりの男は一体なんだったのか。まさか佐田瑞樹の亡霊がやっている、とでも言うのか。いや、そんな事はありえない。しかし、どれだけ思考を働かせても、その答えはすぐには出てこなかった。

秋山さんは、さっきまで夕日が浮かんでいた辺りの空を見つめていた。

暗く切ない、悲しい瞳をしていた。

僕はあまりにも無力だった。

沈んだ夕日を元に戻すなんて事はできないが、今の秋山さんを少しでも安心させる事すらもできないのだから。

僕はあまりにもちっぽけだ。

目の前に広がる海がそう言っている気がした。

◆

昨日の穏やかな天気とはうって変って、今日は一日、朝から雨が降り続いていた。その雨の音も相まってか、店の中にはずっと、真冬の早朝のような、張り詰めた空気が流

れている。人知れずため息の回数も増えていた。毎日百回ため息をすると、どんな人でも精神を病んでしまうらしい。案外それは本当かもしれない。吐き出される息と共に、自分の中の大事な何かが抜け出ていってしまうようにも感じた。

意外な事に、守さんから昨日の話を追及されなかった。今日の僕達の雰囲気を見て、何か思う所があったのかもしれない。何もしないでいてくれる、という気のかけ方を守さんもしてくれたのだろう。今日は配達を中心に、業務を行っていた。

降り続く雨を見つめながら、昨日の話を頭の中で反芻していた。自分の中でもまだ整理は全然ついていなかった。秋山さんがしてくれた過去の話は、僕の想像をゆうに超えるものだったのだ。

でも、自分の中で誓った確かな事が一つだけあった。それは、秋山さんを守ってあげたいという事だ。僕も狙われているには違いないのだが、サンカヨウに関連して、秋山さんも危険な状況にいるのは間違いない。こんな僕にも、何かしらしてあげられる事がきっとあるはずなのだ。

一日中考えを廻らせた結果、そういう結論に至っていた。早くいつもの日常に戻って、笑って過ごす秋山さんの姿が見たかったのだ。

「……今日は、ずっと雨みたいですね」

「そう、ですね」

秋山さんに話を振ってみても、今日は一日こんな調子だった。業務連絡以外の世間話みたいなものが、うまく続かない。

「そういえば、最近大谷さんあまり来ませんね」

「……恋人とよく会っているみたいですね、この前店に来た時に言っていました」

「そうなんですか」

「ええ……」

またしても会話が終わってしまった。共通の人物を話題にあげてみたが、それも駄目だった。どうせなら、こんな時に大谷自身がフルールにやって来てくれれば一番なのだが……。

と、思っていると、タイミング良く、フルールへと駆け込んでくる人物がいた。

しかし、その相手は大谷じゃなかった。

それに、その招かれざる来訪者の報告は、僕達を、より深い地の底へと突き落とす事になった。

「瑠璃さん！」

店へと飛び込んできたのは、三上だった。どう見ても、秋山さんにプレゼントを持ってきたという雰囲気ではない。三上の髪は、傘を差していたにもかかわらず、雨に濡れていた。どこかのブランドものの服であろうシャツも雨に濡れてくすんでいる。そんな事を気にかける余裕もなかったみたいだ。

「フルールの花が……」

三上の目は、切迫した状況を訴えていた。

隣の秋山さんは、降りしきる雨を見つめながら立ち尽くしていた。

僕と秋山さんは、三上と共にフルールを出て走っていた。かなり急いだので、傘もあまり意味をなしていなかった。

それから五分もしない内に、三上が案内した場所へとたどり着いた。幕張ベイタウンの中にある公園だった。そこには、フルールが管理している花壇があった。

今の季節はユリやポピー、ペチュニアの花が顔を出している。傍にはヒマワリも植えられていたし、この公園を通る度に、秋山さんは愛おしそうにその成長する姿を眺めていた。

僕も何度か様子を見に行ったりしていた。近くで遊んでいた子供達が寄ってきて、花の説明を求められた事もある。そんな時にはすかさずどこからか秋山さんが現れて、いつものように花の説明をしてくれた。そういえば、子供達と一緒に水やりをした事もあった。それはもうある意味、ここ何年もずっと続いている行事のようなものだと秋山さんも言っていた。まさにここの花壇は、フルールと地域を繋いでいる、大切な花の一つだった。

けど、もう駄目だった。

その花達は今、見るも無残な姿に変わってしまっていた。

花壇は何者かの悪意によって、ぐしゃぐしゃに踏み荒らされていた。土に混ざって、そこに咲いていたはずの花も埋もれていた。茎も葉も、花弁《かべん》も、まともな原型を留めていなかった。

秋山さんは、その光景を目の当たりにして途端に握力を失ったように、傘を落とした。そして、地面が濡れているのを一切気にせずに、その場に膝をついて座り込んだ。

「どうして、こんな……」

秋山さんが、雨に打ちつけられて泥っぽくなった土と、さっきまで花の形を保っていたものを、丁寧にすくい上げる。暖かな肌色の手が、指先から染まっていくように、あっという間に土で汚れた。

僕はその後ろで立ちすくんでいた。傘を差しかけて、秋山さんがこれ以上雨に濡れないようにしてあげるくらいしか今できる事がなかった。

一体、誰がこんなひどい事をしたのだろうか、誰がこんなにも秋山さんを苦しめているのだろうか――。

行き場のない怒りを抑えきれずに、傘の柄《え》を強く握りしめる。雨はまだ止んでくれそうにない。天気予報によると夜まで降り続くみたいだ。

秋山さんは、じっと座り込んだまま動かなかった。今どんな表情をしているのかも、雨に紛れて分からなかった。


公園からの帰り道、その場で三上とは別れた。その場での空気を察してくれたみたいだった。それに事態の深刻さを理解したのかもしれない。

雨の中を二人で歩いていた。秋山さんは、やや僕の後ろを歩いている。その足取りも重かった、それは傘をさしていたからとか、水たまりにはまって靴が水を吸ってしまったからだとか、そういう事ではなかった。

花を無残にも壊されてしまうのは、秋山さんにとって自分の身を傷つけられるよりも痛かったはずだ。ある意味、一番恐れていた事が起きたのだ。

頭の中を、黒い霧のようなものが覆い尽くしていく感覚がする。抜け出せない深みの泥沼にはまって、その奥底から足を引っ張られているような気さえした。

様々な思いが頭の中を交錯する中、「浦田さん」と、後ろから声をかけられた。雨の音にもかき消されてしまいそうな小さな声だった。ずっと下を向いて俯いていた秋山さんが、僕を呼んだのだ。

「どうしたんですか？」

「……浦田さんに話があります」

良い話ではないな、という事は言われて瞬時に分かった。秋山さんの言葉にいいようのない重みを感じる。

その場に秋山さんは立ち止まった。

傘の上に落ちる雨が、ポツポツと不規則に音を立てる。

「なんですか？」

「……」

すぐには続きを言ってくれなかった。

「秋山さん？」

秋山さんが伏し目がちになって、僕から視線を外す。それから前髪を少しだけ撫でてから、口を開いた。

「……浦田さん、フルールを辞めてくれませんか」

その言葉を、予想していなかった訳ではなかった。だから僕は落ち着いて、その質問を聞き返す事ができた。

「なんで、ですか？」

「これ以上、浦田さんに危害が及ぶのは嫌なんです。先日もとても危険な目に遭わせてしまいましたし、このままでは……」

秋山さんの言葉が、か細くくぐもる。

「……僕は、辞めたくはありませんよ」

正直な答えだった。まだ働き始めて二ヶ月くらいしか経ってないが、僕にとってもフルールは大切な存在であり、ずっと居たいと思える場所になっていたのだ。

「僕は大丈夫ですから……」

もう一度、念を押して自分の意志を示したが、秋山さんもそれ相応の決意を持って言い出したのだろう。その言葉は簡単には揺るがなかった。

「……いえ、それにもう浦田さんだけの問題ではありません。浦田さんがいる事によってフルール全体が、危険な状況になってしまっているんです」

「……それは、僕がいると迷惑という事ですか？」

「いえ、その……」

思い当たる節が無い訳じゃなかった。なぜなら僕が来る前にはサンカヨウの花が届けられるだけで、それ以外の実害は何もなかったのだ。僕が来てから事態は急変し、そして犯人の狙いに、僕も入っているのは明らかになった。犯人のメッセージも『店をやめろ』というものだったし、もしかしたら僕がフルールを辞めれば、事件は解決するかもしれなかった。秋山さんもその事に気づいていない訳がなかった。僕がなかなか辞めない事で、犯人の犯行がエスカレートしている可能性もあったのだ。

「……そうですね、浦田さんが居ると……正直店にとっては迷惑です」

さっきまで口を濁していた秋山さんが、きっぱりと言った。最終通告を突きつけるように、毅然《きぜん》とした口調だった。

「でも、僕は秋山さんを……」

「言ってるじゃないですか！　迷惑なんですよ、浦田さんがいると……」

秋山さんの顔に、今までになかった辺りの空気を切り捨ててしまうような、冷たい表情が浮かぶ。

「浦田さんが来るまではこんな事なかったんですよ、普通に平穏に店をやっていたんです。浦田さんが来てからこんな事件が起きるようになってしまったんです……。だからこのまま店に居てもらっても困るんです！」

秋山さんが、一回り大きい声をあげた。そこまで強く主張する姿を、今までに見た事がなかった。

僕は秋山さんを守ってあげたいと思っていたが、僕にできる事なんて何もなかったのだろうか。唯一できるのが、何もせずに傍から離れる、という事だった。それに、秋山さんもそれを望んでいた。

やっぱり僕は恐ろしくちっぽけな人間だった。やっとの事で新しく築いたはずの繋がりも、こんな風に失ってしまうのだ。何もできない自分が歯がゆかった。

悲しみと悔しさが半々に入り混じった感情が、指の先まで染み渡るように伝わっていく。先の方は温度を失ってしまったかのように冷たい。きっとそれは雨に濡れた事だけが原因ではないはずだ。まるで感覚までもが無くなってしまったかのように、別物に感じる。

──僕にできる事は何もなかった。

その言葉が頭の中で壊れたラジオみたいに、何度も繰り返し再生される。

思考が二巡《にじゅん》も、三巡《さんじゅん》もした所で、僕に残された選択肢は、一つしかない事を悟った。

僕はその言葉を口にする前に、店内をじっくりと眺めた。

最後にこの場所を、しっかり目に焼き付けておきたかったからだ。

「……浦田さん？」

「分かりました、今日でフルールを辞めます」

僕のその一言を聞いて、ビデオの静止ボタンを押したみたいに、秋山さんは動きをぴたりと止めた。

「短い間でしたが、お世話になりました。守さんにもよろしく言っておいてください」

秋山さんは、僕を見つめたまま何も返事をしなかった。

僕の胸の中には、携帯のメモリーを全て消してしまった後のような喪失感が去来していた。これまでの間、必死で覚えた花の名前やその知識、水揚げのやり方など、全ては無駄になってしまった。

小さな思い出の一つ一つが、水面に上がってくる気泡のように浮かび上がる。まるで花の開花期のように短い間だったけれど、モノクロな僕の大学生活がカラフルに色づいたひと時だった。白と黒の二色しかなかった僕の生活に、数多《あまた》の花のように鮮やかな色を秋山さんがつけてくれたのだ。

それでも僕が結局、秋山さんにしてあげられる事は何もなかったのだ。

それから、永遠にも思えるような長い沈黙が流れた。雨は勢いを増していた。ポツポツという音がボッボッ、と小さな破裂音に変わったようにも聴こえる。

そして、僕はその場を後にした。

僕は秋山さんに背を向けたまま、一度も振り返らなかった。

秋山さんが僕を見ていても、見ていなくても、どちらでも辛くなってしまうに違いなかったからだ。

◆

一夜が明けて、ほとんど一睡もできないまま大学へと登校し、最後の授業を終えて帰ろうとしていた。頭の中はずっとフルールや、秋山さんの事が巡っていて、講義にも全然身が入らなかった。帰り際に、「一日中抜け殻みたいな顔してたな」と、大学の知り合いに言われて今日一日の自分の顔つきのひどさに気づいた。元々覇気のある顔立ちという訳では無いが、いつにも増して、その表情は暗かったらしい。

「どうだ、浦田も気分転換にサークルでも入ってみるか？」

帰り道を並んで歩きながら、そう提案したのは、同じゼミの小田島聡《おだじまさとし》だった。今日も黒縁の眼鏡がキラリと輝いている。そしてその眼鏡ケースを校内に忘れて僕が探しに行く事になったのも、今となっては懐かしい。あの出来事がなければきっと、僕がフルールを訪れる事はなかったのだから。

「……ありがとうな、小田島」

僕が感謝を今更口にすると、小田島はサークルの誘いを受けたものと勘違いして、「えっ、入ってくれるのか？」と意外そうな声をあげた。

「いや、そういう事じゃない」

「じゃあ、どういう事だよ」

もう海浜幕張駅の近くに着いていた。相変わらず人の姿も多かった。

小田島は僕とは反対に、上機嫌な顔を浮かべている。

「これからサークルの飲み会なんだよ、浦田も来ればいいのに」

「いや、遠慮しとくよ、大体今日火曜日じゃないか」

「曜日なんて関係ないさ、なんてったって俺達は大学生だぜ」

なんてったって、というのがどういう意味を表すのかも分からないが、小田島は自信満々な様子で言葉を続けた。

「火曜日はな、週が明けて、少し頑張ったから一息ついて飲む訳だ」

「じゃあ水曜は？」

「水曜はやっと真ん中まで来たから飲むだろ、木曜は週末が近くなってきたから飲む。金曜は週末だから飲む」

「飲んでばっかりじゃないか、どうせ土曜なんかは朝まで飲むんだろ、せっかくの日曜日が台無しだ」

「当たり前じゃないか浦田、こういう言葉を聞いた事ないのか？」と言ってから、少しずれた眼鏡を押し上げて小田島は言った。「日曜日は一日酔いの為にある」

「聞いた事がない」

「今度の試験に出るぞ」

「そんな訳がない」

もう、これ以上は何を言っても無駄だと悟る。会話も投げやりだ。けど僕もこれからどうすればいいのか悩んでいた。急にやる事がなくなってしまった。本当にサークル活動でも今更始めて、キャンパスライフというものをエンジョイし始めた方がいいのだろうか、それとも新しいバイトでも始めるべきだろうか。

誤って小屋を抜け出してしまった子羊のように、僕は急に目標を失って、何をすればいいのかも分からなくなっていた。

「おい、浦田どこ行くんだよ」

気づけば僕は、駅を通り過ぎて、フルールのある幕張ベイタウンの方へと歩き始めていた。

「電車乗らないのか？」

「いや。そういう訳じゃ……」

「今日もバイトだっけ？」

「いや、その……」

答えに詰まってしまい、沈黙が流れる。まだ小田島に店を辞めた事は言ってなかった。そんな間を埋めるように、小田島が口を開いた。

「そういや、浦田の花屋のバイトって楽しそうだよな」

「えっ？」

意外な言葉を言われて戸惑う。小田島がそんな事を思っているとは、考えてもみなかったのだ。

「浦田、バイト始めてから、なんか明るくなったじゃん、いや、色でいうと、黒が焦げ茶色に変わったくらいのレベルなんだけどさ」

褒めてるのか、けなしてるのかは、よく分からない。でも小田島はそのまま言葉を続けた。

「本当に変わったと思うよ、最近よく花の話もしてくれるし、大学よりもバイト先の事で頭いっぱいって感じじゃん、だから飲み会も来ないんだろ」

確かに頭の中はフルールの事でいっぱいだった。店を辞める事になったとはいえ、ずっと考えていた。店の事も。秋山さんの事も。花の事も。

「……うん、そうかもしれない」

そんな風に素直に、言葉に出してしまうと募る想いは強くなった。

僕は気づいていた。

ありきたりかもしれないけれど、失って初めて気づいたのだ。

僕にとって、どれだけあの場所での、あの時間が大切だったかという事に。

「そうだよ。好きなんだよ、フルールが……」

それだけじゃなかった。

秋山さんに逢いたかった。

僕にとってフルールと同じくらいに、いやそれ以上に、秋山さんを失いたくなかったのだ。もう自分の中の気持ちを、抑えられそうになかった。

「好きなんだ……」

自分の今の気持ちを言葉に出して、正解にしかならない答え合わせをしてしまった。

心の中ではもう答えが出ていたのだ。

「浦田？」

「……ありがとうな、小田島」

「えっ、また？　気味悪いぞお前……」

僕は、少し顔をしかめた小田島を尻目に、その場を走り出していた。行き先はフルールだ。僕が秋山さんにしてあげられる事が、きっと何かあるはずだ。昨日の今日で顔を出した僕を、秋山さんはどんな顔で迎えるだろうか。でも、もう僕の中に迷いはなかった。

「あっ」と後ろで声がする。

その時小田島が、どんな顔をしていたか、僕にも分からない。


駅から離れて、幕張海浜公園を抜けて、幕張ベイタウンへと出た。往来の人達も穏やかな陽気を歓迎するように、辺りを闊歩《かっぽ》している。

僕は走りながらも、ふとした事を感じていた。公園を通っていた時からも思っていたのだが、沿道の花壇や、道の隅っこなどに、前よりも多く花が咲いていたのである。最近になって植えたのだろうか、それとも蕾だったものが急に咲き始めたのだろうか、いや違う。ただ今になって、僕がそこに咲く花の存在に、気づくようになっただけだと分かった。

ずっと前からそこに咲いていたのに、今まで見落としていた。フルールでの仕事を始めてから花と接するようになって、自然と目がいくようになっていた。人知れず咲く花はこんなにもあったのだ。

もしかしたら、僕のネガティブも同じようなものなのかもしれない。ただそこらに散らばって落ちているはずの幸せに、僕が気づいていなかっただけなのだ。僕は新聞を眺めては、凶悪なニュースばかりに目を留めたり、日常生活でも自分のできない事のみを気にかけていた。道の端っこや、日の当たらない場所に咲く花のように、既にそこに存在していた幸せを見落としていたのだ。

きっと、秋山さんは僕よりもその小さな幸せに気づける人なのだ。

もう遅いかもしれないが、今からでも僕も間に合うだろうか。やっと僕もその事に、気づけたのだ――。

走りながらなのに、頭の中は新たな発見を経て、目まぐるしく活動していた。

そんな事を考えている内に、僕はあっという間にフルールの傍へと辿りついていた。ここまでの道のりをこんなに短く感じたのも初めてだった。

やや息を整えてから、建物の陰に身を潜めて店の様子を伺う。まるで以前の三上のような行動だが、今は致し方ない。まだ言い出す言葉も決まらない内に、秋山さんと対面してしまう訳にはいかなかった。

しかしその心配とは裏腹に、秋山さんの姿は見当たらなかった。それどころか守さんの姿もない。店の奥にでも引っ込んでいるのだろうか。

これ以上近寄るべきか、どうするか、と悩んでいた所で、店先に意外な人物が姿を現した。三上だ。

そしてあの三上が、出てきたお客さんに、花を渡して愛想の良い笑顔を浮かべて頭を下げている。

三上がフルールで働いていた。

一体どういう事なのであろうか。

僕はもう、居ても立ってもいられず、直接三上に聞いてみる事にした。秋山さんも、守さんもいない今が、チャンスだ。

「あの！」

「あっ、いらっしゃ……って浦田っちじゃないか！」

三上は驚いた顔をして、僕を出迎えた。

「あの、なんで三上さんがフルールで働いているんですか」

三上が両の掌を上に向けて、おどけたようなポーズをとる。

「いやあ、これにはマリアナ海溝《かいこう》並みに深い訳があってねえ……」

「いいから早く答えて下さい！」

「嫌だなあ、浦田っち怖い顔して」

三上は僕とは違って能天気な顔を浮かべている。とても腹立たしいことに。

「だから、なんで三上さんがここにいるんですか？」

「いやね、これは偶然だったんだよ、そう運命にも似た偶然。僕がね、以前のお詫びも込めて、お土産を持って店に行こうと思っていた所に、瑠璃さんから電話で連絡があったのさ。今日の昼頃なんだけどね、なんて言われたと思う？」

「さあ、分かりませんね、どうだったんですか？」

遠回しな口調に苛立ちを覚えるが、また話がそれないように続きだけを尋ねる。

「瑠璃さんが、『今度デートでもなんでもしますので、店番を頼めませんか』と言ってきたのさ、素晴らしいだろう？」

「……店番を、ですか？」

「ああ、どうしても行かなきゃいけない配達の用事があるらしい、車は守さんも配達で使ってるから、花の鉢を持ったまま歩いていっちゃったけどね」

「秋山さんが配達？」

「ああ、そうだよ三十分くらい前にね」

考えられなかった、ありえない事だった。

あの道を覚えられない、ましてや地図を読む事もできない秋山さんが、一人で配達に出るだなんて。

「あの、秋山さんがどこに行ったか分かりませんか？　電車に乗ったりとかしたんですか？」

「さあ、聞いてないから分からないけど、駅の方へ行ってなかったし電車は使ってないんじゃないかな。歩いて行くって言ってたし……、そういえばそうだ、こっちは浦田っちに文句があるんだよ、瑠璃さんは、どら焼きなんて全然好きじゃないじゃないか！」

三上の文句も、耳には入ってこなかった。今は秋山さんの事で頭がいっぱいだった。

あの秋山さんがわざわざ店番を用意してまで配達するなんて、今までにこんな事はなかった。配達のほとんどは僕と守さんでやって来たのだ。同じ通りの人相手なら、秋山さんが行く可能性もあるが、それならわざわざ三上を店番に呼ぶのもおかしい。何か異常な事態が起きているのだ。

「聞いているのかい、浦田っち！」

「三上さん！」

「な、なんだい」

突如、僕が語気を強めた事で三上が逆に驚いた。

「秋山さんは、何の花を配達に持っていったか分かりますか？　鉢なんですよね？」

「ああ、あまり見た事のない花だったな」

「それって、そんなに大きい花じゃなかったんじゃないですか」

僕の頭の中で、一つの花が浮かんでいた。

「そうだね、どっちかというと地味な花だったね、大きな緑の葉に、小さな白い花が咲いていていて……」

——サンカヨウだ。

秋山さんは以前に届けられたあの花を持って、どこかへと出かけたのだ。

その言葉を聞くや否や、僕は駆け出した。

「あっ、ちょっと浦田っち！」

三上の制止する声はすぐに小さくなっていった。さっきから走ってばかりだが、不思議と疲れはなかった。

どこへ向かえばいいのかも分からないが、ただ勝手に足は前へと進んでいた。

◆

携帯を手に取り、秋山さんの番号にかけてみたが、応答はなかった。僕はただ闇雲に幕張ベイタウンの中を走り回っていた。もしかしたら、とも思っていたが、近くにその姿は見当たらなかった。

店を出たのが三十分前という事からも、そんなに遠くに行っている訳ではないのは確かだ。事前に三上に連絡をして店に来てもらったのも、今日が何かの特別な日になっていたのは決まっていたのかもしれない。

　きっと秋山さんは、これ以上僕に危険が及ぶのを避ける為に、半ば強引に僕を昨日辞めさせたのだ。自分一人で全ての責任を取るつもりでいたに違いない。花壇が荒らされた事だけが原因ではなかったのだ。こんな時でも秋山さんは一人、自分の事ではなく、他人の事を気にかけていたのだ。

　果たして、今はどこにいるのだろうか。店を出たのは三十分前、そしてサンカヨウの花を持っていっている。つまりは佐田瑞樹に関連する場所に違いない。

　一番に思いつく場所は、佐田瑞樹のお墓がある可能性がある海浜霊園だ。しかし海浜霊園に行くのであれば、まず海浜幕張駅から電車を使って新習志野駅までは行くはずだ。きっとその場所ではないのだろう。

　他にも秋山さんとの話に出てきた場所をしらみ潰しに回るとしても、まずは近い所を目指した方がいいはずだ。どこへ最初に行くべきか。

　そんな事を考えながら走っていると、海沿いの大通りの道へと出た。目の前にはパノラマ写真のような海が広がっている。僕を取り巻く焦燥感が薄れていくような、悠然とした姿だった。

「海……」

そこで、ある事を思い出す。花の美術館の帰りに、秋山さんから過去の話を聞いた場所の存在だ。

――検見川の浜の突堤。

あの場所は秋山さんにとっても、佐田瑞樹にとっても大切な思い出の場所だと言っていた。それに秋山さんでも歩こうと思えば行ける場所だ。

行ってみる価値はある。ここからもそう遠く離れている訳ではない。居なかったら居なかったで、他の場所を探せばいいだけだ。

それから稲毛方面に向かって走る事十五分、花見川にかかる美浜大橋をようやく越えた。背中はもう汗だくだ。せわしなく呼吸をしながら、海岸線へと繋がる階段の上から辺りを見下ろす。

どうか、この場所に居てくれ。頼むから。そんな祈るような気持ちで沖へと伸びる突堤に目を向けた。

「あ……」

その想いが届いたのかもしれない。

岸から五十メートルほど離れた場所に、秋山さんらしき姿を見つけた。手で何か鉢のようなものを抱えている事からも、可能性は高かった。

階段を駆け下りてから、突堤へと急ぐ。前方を確認すると、やはり秋山さんだと確信した。この前、佐田瑞樹の話を聞いた時に座っていた、ベンチの辺りに立っていた。そして、その前方に秋山さんと対面して佇む男の姿があった。

「秋山さん！」

波と風の音に負けないように、声を張り上げた。今までで一番大きい声で名前を呼んだ気がする。

「浦田さん、どうしてここに……」

秋山さんが、心底驚いた顔を見せた。それは、「なぜここに来たの」と問い詰めるような表情にも見えた。

「何をしに来たんだ」

尖った言葉が僕を刺した。秋山さんの目の前に居た男は、禍々《まがまが》しい敵意を内にはらんでいた。

そしてその男は紛れもなく、僕が駐車場で見たあの男に違いなかった。それに、守さんから見せてもらったあの過去の写真によく似ていた。年齢は僕と同じくらいにも見える。

「……真也《しんや》君、やめて。もうフルールを辞めたんだから関係ないでしょう」

その初めて出てきた名前に、思わず反応してしまう。

「……真也君？」

「……この人は佐田真也君と言います、佐田瑞樹君の……、弟です」

――佐田真也。

目の前の男は佐田瑞樹の弟だったのだ。一度だけ、秋山さんが語ってくれた過去の話に出て来ていた、弟の存在。

だからだったのか。どうりで顔が似ている訳だ。今はその鋭い目つきが大きく異なる点だが、どこか写真の面影はあった。髪型が似ていたのも理由の一つかもしれない。

「浦田公英、あんたの事はよく知っているよ。まさかこんな所までやって来るとは思わなかったけどな」

一方的に名前を知られていた、というのは気味の悪い恐怖があった。佐田真也は、狂気じみた笑みを浮かべたまま、言葉を続ける。

「この女との花見は楽しかったかい、短い間だが随分楽しんだみたいじゃないか、もしかしてあんた、この女に惚れてるとか言い出すんじゃないだろうな」

「やめて、真也君！」

「黙ってろ！」

佐田真也の顔から余裕が消える。

「ふざけるなよ、お前が兄貴の事を忘れて、のうのうと暮らしてやがるのがいけないんだぞ！」

「……私は、瑞樹君を忘れてなんかいません」

「いいや、お前は忘れていたね、大体お前が俺の兄貴を殺したようなもんなんだ、それを分かっているんだろうな」

佐田真也が秋山さんに、にじり寄る。

「……兄貴は優しい人だった。俺は今でも十年前の事を毎日のように思い出すよ」

佐田真也は、問い詰めるような口調のまま言葉を続ける。

「今でも兄貴が生きていてくれたらどれだけ良かったか、兄貴は写真が好きな人だった。よく家族の写真も撮ってくれていたんだ、けど兄貴が死んでから誰も写真を撮らなくなった……アルバムもずっとからっぽのままだ。家族の関係も何もかもあんたがぶち壊したんだ」

秋山さんは、目の前の相手を見つめたまま、何も言わなかった。

「あんただって、馬鹿な事を口走ったその罪を忘れていないものだと思っていたよ。けど違った。俺にはそれが許せなかったんだ。兄貴だって、きっとあんたを許せないはずだ。だから俺が代わりにやってあげなければいけないんだ」

そこで佐田真也が秋山さんの眼前に詰め寄って、言葉をぶつける。

「罪を忘れるな。一生、毎日、毎晩、思い出してその悩みに苛《さいな》まれろ。お前さえいなければ兄貴は、死ぬ事はなかったんだ！」

「おい、待ってくれよ！」

今にも手を振り上げそうなその口調に思わず、僕も割って入った。

しかし、佐田真也も、その鋭い目をこちらに向けて威嚇するような声をあげる。

「部外者は黙ってろ！　そこを一歩も動くな、この女を傷つけられたくなかったらな！」

その言葉がただの脅しではない事は分かった。容易にこれ以上は動けそうにない。

「なあ秋山瑠璃。兄貴の事を忘れて他の男とへらへら笑いながら幸せそうに過ごしていい気なもんだよな。お前はな、ずっと兄貴の事を一生背負いながら生きていかなければいけないんだぞ、それを分かっているんだろうな……」

目の前まで詰め寄った佐田真也が、視線を下に移す。秋山さんがその手に持っていたサンカヨウの花を、忌々しげに睨んでいた。

「大体、こんな花なんかの為に兄貴は……」

佐田真也が手を伸ばした。無理矢理、サンカヨウを奪い取ろうとしたのだ。しかし秋山さんは、体を左右に振って抵抗した。

「おい、花をよこせ！」

「何をするの！」

秋山さんが必死に、相手に背を向けて、柵《さく》と自分の身の間にサンカヨウを挟んで守る。

佐田真也も必死な形相だった。

「やめろ！」

佐田真也の脅しの言葉も忘れていた。僕は秋山さんの元へ駆け寄ろうと、一歩足を踏み出した。

――その時だった。

佐田真也の手が、秋山さんの持っていたサンカヨウの鉢を強く弾いた。その衝撃を受けて、秋山さんがバランスを崩す。鉢から手が離れてしまった。

次の瞬間、サンカヨウが、宙を舞った。

柵を乗り越えた鉢は、海上に浮かんだのも束の間、海の中に沈んでいく。

その光景に、誰もが一瞬凍りついた。

佐田真也も、口を開けてその光景を見送っていた。

しかし、ただ一人、秋山さんだけは違っていた――。

「なっ……」

次の瞬間、秋山さんは海に飛び込んでいた。

「秋山さん！」

僕は叫びながら、柵に駆け寄った。しかし秋山さんは既に海の中だ。

「馬鹿な……」

佐田真也は、信じられない事が起きた、という顔をして海を覗き込んでいる。

「ああ、もう、くそっ！」

迷っている暇もなかった。

僕も続いて、海へと飛び込んだ。

「おい、お前！」

佐田真也の声は、僕が海に入った瞬間に消えた。

冷たい。それが、まず最初に思った感覚だった。僕は泳ぎには自信があったが、プールと海とでは訳が違う。多少ではあるが波もある。そしてこの場所は岸から五十メートルは離れていた。足も全くつかない海へと落ちた瞬間の恐怖は、底知れなかった。

僕は秋山さんの存在をすぐに確認し、腕を引く。なんとか海上へと顔を出させる事はできたが、何も事態が改善されたようには思えなかった。

「あ、秋山さん！」

想像はしていたが、やはり秋山さんは泳ぎが得意な訳ではなかったみたいだ。自転車にさえ乗れないのだから、それも当然だろう。それなのにあんなにも躊躇なく、海の中に飛び込んでいったのが信じられなかった。

「秋山さん！　しっかりしてください！」

海の中に沈まないようにしながら必死で声をかける。秋山さんの動きは鈍い。

「う、浦田さん！」

着ている服が水を吸って重い。自由に身動きが取れなかった。一人ならまだしも、今は秋山さんを抱えている。いや、動きが取りづらい原因はそれだけじゃなかった。

なんと秋山さんは、あろうことかサンカヨウの鉢をまだ抱えていたのだ――。

「秋山さん、鉢を離して！」

「い、いや、嫌です！」

この期に及んで、まだ花の事を考えているなんて。信じられない事はこんなにも連続するのだろうか。冷たい海水の中では思うように呼吸もできない。一刻も早く地上へと上がらなければいけなかった。

それなのに体は海底へと引きずり込まれる。何かに引っ張られるように、浮上するのを妨げられているのを感じた。透明度の低い濁った海が、恐怖心を倍増《ばいぞう》させる。

「クソッ！」

不運はまたしても連鎖していた。そこにないはずの人工的な糸の感触に触れたのだ。それは釣り糸に違いなかった。いつかここへ来た釣り人が残してしまったものだろう。秋山さんの持っていたサンカヨウの鉢は、突堤の底の方に引っ掛かっていた釣り糸に複雑に絡まっていた。その為、浮上するのが困難になっていたのだ。

「鉢を離して！　このままじゃ死にますよ！」

もがきながら海上に顔を出して叫んだが、秋山さんはそれでもサンカヨウを離さなかった。

「秋山さん！」

何度名前を叫ぼうと、秋山さんが手を離す事はなかった。

僕は説得を諦めた。海中へと手を伸ばして、釣り糸を払ってみようともするが、それも複雑な糸の繋がりを、余計に絡ませてしまうだけだった。

海水が容赦なく体温を奪っていく。自分の体じゃないみたいだ。

このままじゃまずい。これじゃ二人とも……。

いや、違う、諦めるな、考えろ。まずは引っかかってる釣り糸さえ切れば、たとえ花を持ったままでも、なんとかなるに違いない。どうすればいい、頭をフル回転させるんだ。いつも華麗に推理を見せてくれた秋山さんのように、今できる最大限の事を考えるんだ。何か、何かがあるはずだ。今こそ、ようやく僕が秋山さんに何かしてあげられる時が来たんじゃないか。考えろ、考えるんだ……。

――そうだ。

ある一瞬の閃きが、頭の中で生まれた。

勢いをつけて体を海中に沈めて、秋山さんの服のポケットを探る。僕の予想が正しければきっと、今日も身につけているに違いなかった。

そして見つけた。

──フローリストナイフ。

出会った時からずっと、秋山さんは常にこのナイフをポケットに入れていると言っていた。今日もフルールからここへと来たのだから、持っている可能性は高かったのだ。

僕はそのナイフを手に持ち、力を込めて釣り糸に刃を入れた。サッと引くと、あっという間に糸は切れて、自分達を縛っていたものが取れた。

でもここから後、もうひと踏ん張りしなければいけない。ここからすぐに柵を乗り越えて突堤に乗るのは厳しい。まだ岸からは五十メートル以上離れているのだ。後は時間との戦いだ。体も、冷えてきている。

この先の長さに目がくらみそうになったが、その時、上空から白い円形のものが投げ込まれた。

「これに掴まれ！」

空から落ちてきたのは浮き輪だった。そういえば、突堤の幅が広がってすぐの端の所に、非常用の浮き輪が設置されていたのを思い出した。

投げ込んだのは佐田真也だった。周りには、さっきまで遠くにいた釣り人達も来ている。みな自分の目的も忘れて、声を掛けてくれていた。

僕達はそこから浮き輪に掴まり、釣り人が用意してくれた長いタモに掴まって、岸までを移動した。その間、秋山さんは波にもまれながらも、しっかりとサンカヨウの鉢を抱き締め続けていた。

そして、息も絶え絶えの中、岸へとたどり着く事ができた。地面がこんなにも愛しいと思った事はない。ようやくそこで、今自分に起きた状況を顧《かえり》みた。

落ちたのが突堤から見て、まだ左側だったから助かったのかもしれない。右側は防砂《ぼうさ》堤《てい》の影響もなく波が早い、それに砂浜の岸辺ではなく、テトラポッドがずらっと並んでいる。そして季節的にもまだマシだった。これが冬なら海水温ももっと低かったし、厚着の服が水を吸ってしまえば、あっという間に海に沈んでいただろう。

改めてその状況を理解して、海からあがったはずなのに身が震えあがった。

でも、なんとか助かった。生きていて本当に良かった。

もしかしたら前向きにネガティブする上で、なんとか生きていた、という事に勝るものはないのかもしれない。これからどんな最悪な事が起きたとしても、なんとか生きていたと思えば全てが幸せな気もする。それはそれでどうかとも思うが。

「……大丈夫、ですか、秋山さん」

「ありがとう、ございます。浦田さん……」

「秋山さん、やっぱり泳げなかったですね」

「……逆に、私が泳げると思いますか」

「……ですよね」

もう二人とも力が尽きていた。釣り人達が貸してくれた上着やタオルを身に巻いて、僕達はその場に座り込んでいた。全く泳げなかった癖にこの海に飛び込むなんて、本当にどうかしている。もっと文句をぶちまけたい所だが、その元気もなかった。

「なんなんだよ、お前ら……」

傍へとやって来たのは、佐田真也だった。

「たかが花の為に、なんでそこまでやるんだよ。頭おかしいだろ……死ぬ所だったんだぞ……」

さっきまでとは違って、佐田真也の頭の中は、様々な思いが交錯しているようだった。

秋山さんは、ゆっくりと足に力を込めて立ち上がった。そして佐田真也とまっすぐに向き合う。

「……瑞樹君も、花が大好きな人でした」

秋山さんの口からその名前が出てくると、佐田真也の表情が変わった。

「……兄貴も、大馬鹿だよ。花の為なんかに俺達家族を置いて、死んじまったんだ。花なんてなければ……」

「でも、真也君も、そんな花を大切に思っていたんじゃないですか？」

「別に、そんな事はない……」

「毎年フルールに贈られてくるサンカヨウは、花が傷つく事のないよう丁重に封がされていました。その様《さま》に瑞樹君と同じように、花への愛がとても感じられたんです」

「別に俺は、ただあんたが兄貴を忘れないようにとしていただけで……」

「真也君にとって、瑞樹君は本当に大切な存在だったんですね」

「ああ……」

「……今、他にも真也君は誰か大切な人がいませんか？」

「……」

「その人を想うのと同じくらいに、私も瑞樹君を大切に思っているつもりです」

「あんたは、兄貴を忘れてなんかいなかったんだな……」

諦めにも似たような口調で、佐田真也が呟く。

「……ええ、私が瑞樹君を、忘れる訳がありません、ずっと……」

秋山さんのその言葉が届いたのだろうか。

佐田真也は、サンカヨウを救う為に、秋山さんが飛び込んだ辺りの場所をじっと見続けていた。ゆらゆらと揺らめく海上に、魚が跳ねる。きっと、自らの命を賭して花を助けにいく秋山さんの姿を、兄である佐田瑞樹に重ねてしまったのかもしれない。

佐田真也も、所在のない怒りを秋山さんにぶつけてしまっていた。今なら十年前にとった兄の行動も、そしてさっきまでの秋山さんの行動も、少しは理解してあげられるのではないだろうか。

最初は、ただの小さな勘違いだった。

全てはお互いの思い違いから、事件はこんなにも発展してしまっていた。取り返しのつかない事をしてしまったと、今はただその事実を受け止めるのに精一杯なのだろう。

辺りにはさっきまでの喧騒とはうって変わって、波の音だけが響いていた。

「……真也君、これを見てください」

秋山さんが、その静寂を打ち破るように言った。そして、地面に置いてあったサンカヨウの鉢を手に取って見せる。

それを見た佐田真也の目が、見開いた。

「これは……」

僕も、その海水で濡れたサンカヨウの花に、目を奪われてしまっていた。

その姿は、さっきまでとは別物に変わっていたのだ。

「凄い……」

思わず、呟いていた。

ただの白い花だったはずのサンカヨウの花びらが、透き通った透明な色に変化していたのだ。触れれば壊れてしまいそうな、繊細なガラス細工のように。

「ど、どういう事ですか、秋山さん、これさっきまでのサンカヨウですよね？」

秋山さんがニコリとほほ笑んでから、いつものように僕の質問に答えてくれた。

「ええ、そうです。サンカヨウは、通常はただの白い花ですが、水分が満たされると、ガラスのように透明な色に変わるとても珍しい花なんです。山では雨が降った後に、このように透明になる姿が確認できます。神秘的ですよね……」

確かにその姿を言い表すには、あまりにも陳腐になってしまうが、美しい、という形容詞以外、見当たらない程だった。今になってようやく分かった、秋山さんは、この水に濡れて透明になったサンカヨウの花を図鑑で見て、一目惚れしたのだ。

佐田真也も、まるで魔法がかけられたように姿を変えたサンカヨウの花を、じっと見つめていた。

その表情からしても、こんな風に見た目が変わるのを、ずっと知らなかったみたいだ。

長い間、何も言わずにじっと見つめていた佐田真也が、ポツリと呟いた。

「綺麗だ……」

その頰を、ガラス玉のような涙が伝った。

◆

僕達はフルールへと戻った。二人ともびしょ濡れのまま帰宅をしたから、通りでもかなりの好奇の目にさらされる事になった。

佐田真也とは稲毛の海岸で別れた。その別れ際、秋山さんは、「今度はお客さんとしてフルールでお待ちしていますね」と声をかけた。佐田真也は、波の音にかき消されてしまいそうな声で、「はい」と小さく返事をしていた。

佐田真也は兄の形見としてもらったカメラを大事に使っているらしい。どこへ行くにも一緒で、本当に仲の良い兄弟だったと秋山さんも教えてくれた。

いつか秋山さんと佐田真也が、並んでそのカメラの写真に収まるような日が来れば、亡くなった佐田瑞樹も少しは浮かばれるだろうか。それともそう都合良く考えてしまうのは、生きている人間の勝手な思い上がりなのか、その答えはよく分からない。

それでも今日の出来事はきっと、二人にとって、過去から一歩を踏み出した始まりの一日になったはずだ。それだけは確かだ。

僕は店に置きっぱなしだった仕事着に着替えて、店番に立っていた三上とバトンタッチするようにごく自然な流れのまま、フルールでの仕事を再開した。三上には細かく事情を説明するのも難しいので、そのまま今日の所はお引き取り願った。

秋山さんも代えの服に着替えて、すぐに店先に立っていた。そしていつものように、「浦田さん、そのバケツをこちらに持って来てください」なんて頼んできた。まるで僕が店を辞めた事実なんてなかったかのようだ。

佐田真也の件も収束し、僕がフルールで働く事には何の心配もいらなくなった。もうこれで大丈夫なはずだ。

それでもすぐには、秋山さんの表情は晴れなかった。

まだ何か心残りがあるのだろうか、いや違うか。やはりまだ全てが元に戻るのには時間がかかるのだろう。でもそんな傷ついた苦しい時間も、こんなにも花に囲まれた場所にいれば、少しは短くなるんじゃないかと思う。

配達から戻ってきた守さんは、僕のこざっぱりとした表情を見て、事件が無事解決したのを、感じたようだった。その証拠に今日の分の配達を全て終えると、ふらふら出掛けて行った。きっとギャンブルか何かだろう。いや、ぜったいギャンブルだ。賭けてもいい。

そして仕事もほとんど済んだ閉店間際、段ボール箱を抱えた大谷が店に姿を現した。

「よいしょっと」

大谷が段ボール箱をカウンターの上へと置いてから、汗を腕でぬぐった。

「いやーたくさん間違って仕入れちゃってさ、良かったら持ってってってよ」

「わぁ、ありがとうございます」

箱の中を覗き込むと、そこにはたくさんの果物が入っていた。こんなにもたくさんの果物をくれるなんて、さすが太っ腹だと毎度のように言われているだけある。

「そういえば、二人がびしょ濡れになって帰ってきたって他の店の人も噂してたよ」

「ははっ、まいりましたね、秋山さん……」

やはり噂になっていたみたいだ。それも仕方のない事だろう。学校帰りの小学生なんかは、僕達の濡れた足跡をたどってフルールまでやって来たくらいだからだ。

「お恥ずかしい限りです……」

秋山さんが赤面した顔を浮かべる。その表情のいじらしさに癒される気持ちになるのも、久しぶりだ。

「いやぁ、本当にこれからは気をつけなきゃ駄目だよ、海は危ないんだからねえ……。さて、それじゃ店に戻るかな。果物は早い内に食べちゃってね」

大谷がそう言って、踵《きびす》を返して店に戻ろうとした所で、秋山さんが声をかけた。

「ちょっと待ってください」

「んっ？　どうしたの？」

「大谷さんは、なぜ私達が海で濡れた事を知っているのですか？」

突然の質問だった。僕にも秋山さんの意図が分からなかった。

「えっ、だって濡れて帰ってきたのをみんなが見てたし」

「海だとは、私達は誰にも言っていません」

「いや、それは……、ほらここらで濡れるといったら海くらいのものでしょ」

「いえ、そんな事はありません、近くに川もありますし、公園には噴水もありますし、海で濡れたと断定はできないはずです」

秋山さんがそう言うと、大谷もどこか口ごもった。確かに秋山さんは以前にもさくら広場の噴水で濡れてしまった事はある。それでもこの事態の急転に、思わず僕も口を挟んだ。

「ちょ、ちょっと待ってくださいよ秋山さん、一体それを知っていたからって今更なんだっていうんですか？　たまたま思い込みがそのまま当たっただけですよ、別にどうでもいい事でしょう」

「いいえ、今回の件は決してどうでもいい話ではありません」

秋山さんの中では何か確信めいた事があるようだった。

黙ってしまった大谷を尻目に言葉を続ける。

「……大谷さんは、佐田真也君を知っていますよね」

大谷は何も口にしなかった。

僕からすれば、なぜここでまた佐田真也の名前が出て来るのかも、不思議でならなかった。

「真也君は、ここ最近のフルールの内情を知っており、花見や、浦田さんの素性など細かい点についてもよく知っていました。特に桜を見に行った事などは他に知る人物もほとんどいなかったはずです。それは大谷さん、あなたが全ての情報を真也君に事細かく教えていたからではないでしょうか？」

「……る、瑠璃ちゃん、そんなバカな事言い出さないでよ。そんな事だけで結びつけるなんて……」

ようやく大谷が口を開いた。しかしその話しぶりには動揺の色が見てとれる。

「今思えば、最初に浦田さんが来た時に、丁度大谷さんがやって来たのもタイミングが良すぎます、きっと長い時間、店にいた浦田さんの事を不審に思ってやって来たのではないでしょうか」

最初に店番が欲しいと思ってさまよっていた時、大谷が運よく姿を現した。あれも大谷の計算の内だったという事なのだろうか。俄《にわか》には信じがたいが、秋山さんには確信があるみたいだった。店へと戻ってきて、表情が晴れていなかったのも、これが原因だったのかもしれない。

そして、秋山さんはその証拠を集めるかのように、僕にも質問を向けた。

「浦田さん、花の美術館のチケットをもらったのは大谷さんからではありませんか？」

「えっと、そ、そういえば、僕が最初にもらったのは守さんからですが、その守さんは大谷さんから譲り受けたと言っていました」

「やはりそうでしたか。大谷さん、つまりあなたはそのチケットを渡して、真也君に、浦田さんを突き落とそうとする機会を与えていたのではないでしょうか」

「……」

大谷の表情が曇る。そしてまた口をつぐんでしまった。

でも、確かにそうだった。突発的に計画した予定だったのに、佐田真也はあらかじめ僕達が来るのを知っていたかのように、あの場所で待ち構えていた。それすらも、大谷の手によって僕達は導かれていたという事なのだろうか。

「いや、おかしいよ……、大体なんでそこまでして佐田真也って奴に協力しなきゃいけないの」

大谷のその言葉を受けて、秋山さんは衝撃的な言葉を口にした。

「……それは大谷さん、あなたがお付き合いしている恋人というのが真也君だからではないでしょうか？」

「ふ、二人が付き合っている？」

「ええ、大谷さんが以前に言っていた、今こっちに戻ってきている恋人というのは真也君の事だと思います」

一片も頭をよぎらなかった秋山さんの発言に、僕は声をあげざるを得なかった。

大谷と、佐田真也が付き合っている。

まさか、想像してもみなかった。でも確かに年齢的には大谷の方が年上だが、年齢の差は僕と秋山さんくらいのものだ。ありえなくはない。

当初会った時に秋山さんが言っていたように、町内の野球大会で女性にもかかわらずホームランを打つような快活な大谷と、正反対のどこか憂いを帯びた佐田真也だからこそ、凸と凹のピースのようにぴったりと当てはまったのかもしれない。

会ってすぐの事をまた思い出していた。大谷は秋山さんとも本当の姉妹のように仲が良かった。その距離感の近さに少し嫉妬した自分がいたのも事実だ。

そういえば秋山さんは佐田真也に対して浜辺で、「今他にも大切な人がいませんか？」とも聞いていた。それはつまり、大谷の事を指していたのだ。

大谷は沈痛な面持ちを浮かべたまま、自分の長い髪の間に指をいれて、手櫛《てぐし》のようにかいた。鼻の頭にも汗をかいている。

「最初は真也君から、私が瑞樹君の事を忘れないでいるかを確認する為に、様子を見ておいてほしいなどと頼まれたのでしょう。それで浦田さんが店で働きはじめた事によって、その監視の目はより強くなった」

そこまで言ってから一間を置いて、秋山さんは言葉を続けた。

「……きっと大谷さんは、真也君の事を愛していたからこそ、その共犯じみた頼みを断りきれなかったのでしょう、そして今回の事件にも手を貸してしまった……」

大谷も、もう事の成り行きを悟っていた。

そして、顔を歪めてから、苦おしそうに言葉を吐き出した。

「……そう、私と真也は付き合ってる」

その一言を皮切りに、大谷は全てを告白し始めた。

「……彼が大学に入ってすぐだからもう付き合って四年になる。出会った頃は、瑠璃ちゃんの事も何も知らなかったの、ただ彼がうちの店を訪ねて来たのは偶然で……」

今にも泣き出してしまいそうな声で、大谷は続けた。

「付き合ってから過去の話を聞いたの。それで彼は、少し離れた所に住んでいるから、時々瑠璃ちゃんに関する情報を教えてくれって言われて……私も彼の話を聞いてすごい同情した部分があったの、だから全部言う通りにしていた。それで、悪いとは思いながらも、今回の事を……」

その声はかすかに震えていて、反省の様子が色濃く見える。どこか男勝りで店頭に立つ気前の良い、いつもの口調ではなかった。きっと果物屋を一人で経営する店主として、普段は気前の良い、明るいキャラを演じていた部分もあったのかもしれない。

「瑠璃ちゃん、本当に、ごめんなさい……」

大谷は素直に頭を下げた。

目の前の秋山さんはその言葉を聞いたまま、大谷の事を見つめた。

「顔を上げてください、大谷さん。今回の事件を手伝ってしまった事実に関しては、同じ女性としても十分気持ちが分かります、愛する人の為に、やむにやまれずした事なのでしょう……」

秋山さんの言葉に、大谷も顔を上げた。

しかし、そこで秋山さんは、僕が想像もしていなかった言葉を口にした。

「……でも、私は一つだけ、大谷さんを許せない事があるんです」

「えっ……」

秋山さんの目に、怒りと悲しみが半々に混じったような色が浮かぶ。

「……なぜ、大谷さんは、あの花壇を踏み荒らしたんですか」

「それは……」

幕張ベイタウンのフルールが管理している花壇で、ユリやポピー、ペチュニアの花などが、今回の事件で無残にも踏み荒らされていた事があった。

あれは、佐田真也ではなく、大谷がやったというのだろうか。

「私が、今回の犯人が一人だけではないと気づいたのは、あの事件が起きた時です。真也君は瑞樹君の事を慕っていましたし、同じように、花を大切に想っていたんです。店に届けられたサンカヨウの花の扱い方からも、それははっきりとしています。だから、あの真也君が花を踏み荒らすなんて、そんな事をする訳がないんです……」

大谷は、何も答える事ができずに、わなわなと下唇を噛み始めた。

秋山さんが大谷に近寄って、そのベージュのズボンの裾を指でつまむ。

「……この痕は、その証拠です」

秋山さんが大谷の履いていたズボンを指し示す。その箇所の生地が、黄色っぽく滲んでいた。

「ユリの花粉は衣服などに付着すると、非常に取り辛い事で有名なんです。なのでブーケにする際は、事前に花粉を取り除いてから渡すくらいです。それにその花粉が衣服に付いたまま水に濡れると、しっかりと薬品を使ってしみ抜きをしなければ落ちないほどの汚れになってしまいます。昨日、花壇が踏み荒らされた際は、雨が降っていました。その時ユリの花粉がついたズボンが濡れ、シミとなって滲んでしまったのでしょう……」

問い詰めているはずの秋山さんが追い込まれているかのように、辛そうな顔を見せていた。こんな言葉を大谷に向けるのも、きっと心苦しいに違いなかった。

秋山さんにとっても、大谷は普段から気の置けない大切な友人の一人だったのだ。姉のように信頼していた人物だったはずなのだ。ここまで、最後の際まで何も言わなかったのも、きっとどこかで大谷はそんな事をやっていないと信じたかったのかもしれない。

ずっと大谷以上に、悲痛な思いを抱えていたのだ。

それでも秋山さんは、最後の力を振り絞ってまっすぐに相手の目を見つめた。

「花は、人が手を差し向けても逃げる事ができないんです……、そんな相手を踏み荒すなんて、なんでそんな事ができるんですか……」

大谷は、秋山さんと目を合わす事ができなかった。

「ごめん、瑠璃ちゃん、本当にごめんなさい、ごめんなさい……」

大谷は床に膝をついて、ずっと謝罪をしていた。ぼろぼろと涙を流していた。大谷は、罪の意識を強く感じているようだった。今持ってきたたくさんの果物にも、もしかしたら、せめてもの謝罪の意が込められていたのだろうか。

今回の事件は、佐田真也の小さな勘違いから生まれていた。しかしまたその勘違いは、大谷の嫉妬を帯びた悪意が含まれていたからこそ、起きてしまったのかもしれない。

きっと大谷は、少なからず秋山さんを心の奥底で妬んでいたはずだ、なぜなら自分の愛する相手である佐田真也が、憎しみの感情とはいえ、自分よりも強い想いを秋山さんに向けていたからだ。だからこそ、佐田真也が勘違いを起こしても仕方のないような言い方で、秋山さんや僕の事を伝えていた可能性も高い。

もしかしたら大谷も、佐田真也の事を、憎しみの呪縛から解き放ってあげたいとずっと思っていたのかもしれない。でも、それでも今までの苦しみや嫉妬の念も相まって、独断で花壇を踏み荒らすという歪んだ行為にまで、至ってしまったのだ。どんな理由があるにせよ、胸を締め付けられるような思いがして仕方なかった。

カウンターの上に飾ってあったバラの花が、束の間の安息の時を終えて、また萎れ始めている。一度は元気を取り戻したが、もう元には戻ってくれないのだろうか。その儚《はかな》い姿が、今どこに向けるべきかも分からない、やり切れない想いを募らせる。

やがて、時計の針が八時を指し示して、フルールは閉店の時間を迎えた。

$3\frac{1}{2}$輪目　ヤマルリソウの代わりに

六月上旬。サンカヨウの事件の終わりから、一週間以上が経っていた。関西は梅雨入りが宣言され、ここ幕張も、もう間もなく梅雨に入ろうとしている。今日はその前の残り少ない晴れ間だった。日差しはまだ高く、雲一つない空が広がっている。

フルールの中では今、専らブライダル関係の花のアレンジ作りが進められていた。僕はまだうまく花のアレンジはできないので、秋山さんが作ったものにラッピングをしたり、傍で必要なものを適宜渡したりするポジションをこなしている。コックでいう見習いみたいな立場だ。まだ一人前の花屋店員になるのは大分先のようである。

守さんはここ最近、配達に出かけた後、帰ってくる時間が遅くなっていた。たぶんギャンブルでもしてサボっているのだろう。案の定、今日も配達に行ったきりなかなか帰って来なかった。なので僕は今日も秋山さんと、二人で作業を進めている。

あれから秋山さんも、すっかり元気を取り戻した。店にやって来るお客さんにも、明るい笑顔を向けていたし、バケツの水を日に三度も零して、あわあわしながら謝るあたりなんか、すっかり元通りだった。まあこれから暑い日が続くのだから、水をかけられるくらい、どうって事はない。勿論、何事もないのが一番だけど。

大谷もつい先日、事件以来初めて姿を見せた。訪れた当初は気まずそうな雰囲気を隠す事はできず、なんの会話もないまま、果物を置いただけで店を去って行きそうになった。けれどその帰り際、秋山さんが花桶から一本のヒマワリを取り出して、大谷に手渡した。「大谷さんには、笑顔が似合っていますよ」と言って。

大谷はそれを受け取ると、また涙ぐみそうになってから、無理にニコッと笑った。「また来るね」そう言って、店を去って行く後ろ姿はどこか、店へやって来た時よりも晴れやかなものに見えた。きっと、こうやって少しずつお互いの関係も元に戻っていくのかもしれない。

僕は、改めてフルールを訪れてから起きた一連の事件を思い返していた。

岩国のスイートピー、幸田さくの家のサクラ、そして佐田真也の送ってきたサンカヨウ、どの事件においても、その謎を秋山さんは見事に解決してきたのである。まだそんなに出会って月日が経った訳でもないが、それでもやはり傍で見ていて、秋山さんのその特異な能力には目を引くものがあった。

秋山さんは、とても深く物事を考える事ができる人なのだ。その洞察力と推理力、それに類まれなる花の知識をもって、今までの事件を解決に導いてきた。普段の雰囲気からその片鱗は、ほとんど伺えないけれど。

「えーっと、ハサミ、ハサミ……」

アレンジに取り掛かっていた秋山さんが辺りを見回す。ハサミは僕が今、使っていた。

「あっ、これどうぞ」

「いえ、大丈夫ですよ、それは浦田さんが使っていてください。えっと、確か……あっそうだった」

秋山さんはそう言うと、カウンターの中から出ていって、高い所にあるものを取る時に使う台を引っ張り出してきた。

今から何が始まるのだろうか、と思っていたら秋山さんは、おもむろにカウンター内の棚の前に、その台を置いて乗った。それからラッピング用紙などが置かれている場所を覗き込む。

「あれ？」

秋山さんが、さも不可思議そうな声をあげる。

そこに何があると秋山さんは思っていたのだろうか、僕の脳裏にある嫌な思い出がよぎる。

秋山さんが台から下りて、困ったように首を傾げた。

「どうかしたんですか？」と僕が尋ねると、「うーん」と言ってから、言葉を続ける。

「ここにハサミを置き忘れたのを思い出したんですけど、なくなってるんですよ」

「ハサミ……」

以前に、棚の上から落ちてきて僕の体をかすめたハサミが脳裏に蘇る。あの時、疑心暗鬼になっていた僕は、誰か犯人の内の一人が残したものなのではないかと邪推していたのだが、そうではなかった。あのハサミは秋山さんの手によるものだったのだ。

「な、なんでそんな所にハサミを置いたんですか、落ちてきたらどうするんですか、危ないですよ！」

僕も、思わず問い詰めるように言葉を畳みかけてしまう。

「いや、その、ハサミを持ったままラッピング用紙を取ろうと思ったら……そのまま忘れちゃって。それで、危なかったですよね、ほ、本当にごめんなさい……」

秋山さんが急にまた口ごもって、ごにょごにょとした口調になる。何か不利な状況に追い込まれると、すぐにこうなってしまうのも、すっかり元通りだ。

「はぁ……」

僕が大きくため息をつく。

すると秋山さんは突然、「ひー、ふー、へー、ほー」とリズム良く息を吐いて、僕の後に言葉を続けた。

「……なんですか、それ」

「ため息をつくと幸せが逃げていっちゃうんですよ、だから、『はぁ』って言ったのをため息じゃなくて、はひふへほの発声練習だと見せかけるんです」

「……誰に見せかけるんですか」

「えっと、ほらあれですよ……」そこで一度止まってから、不思議そうに呟いた。「誰ですかね？」

「いや、僕が聞いてるんですよ！」

話が二転三転してしまった。明らかに秋山さんのペースに巻き込まれてしまっている。元の流れに戻す為にも、僕はカウンターの一番下の引出しにしまってあったハサミを取り出して差し出した。

「秋山さんのハサミ、これじゃないですか」

「あっこれです！　なぜ浦田さんがこれを？」

「いえ、その、偶然見つけたので、そこにしまっておいたんですよ」

犯人が次にまた凶器として使うかもしれないから、心配で隠していたとは言える訳もなかった。

「ありがとうございます」

秋山さんはそう言ってからハサミを受け取って、再び花のアレンジに取り掛かった。

カウンターの上にはたくさんのカスミソウが所狭しと置かれている。

カスミソウは、その名前の由来の通り、春霞《はるがすみ》のように無数の白い小花をつける可憐な花だ。最近はブライダルの場でもよく使われていて、ブーケとしてだけでなく、卓上や来賓に向けての飾りつけなどにも用いられている。

ちなみにカスミソウは、色水を吸わせてピンクや青などの色をつける事もできる。だけどやっぱり一番美しいと思えるのは白色じゃないだろうか。

カスミソウの花言葉は、「清らかな心」。

その花言葉にも、混じり気のない純白の色がとてもよく似合うと思う。

「……やっぱり花は良いですねえ」

アレンジの手を止めずに、秋山さんが感慨深げに呟いた。

「そうですね……」

相槌を打ちながら、僕はある事を思い出していた。

「そういえば僕、最初にフルールに面接に来た時、守さんに『花とはなんだと思う？』って聞かれたんですよ」

「それはまた難しい質問ですね」

「守さんが、ただ僕をからかって出した質問だったんですけどね」

「それで浦田さんは、なんて答えたんですか？」

「僕自身、少し前までは花が無くてもそんなに困らないいんじゃないかと思っていたんですけど……」

「私が昔の浦田さんに会ったら、即ビンタしてますね」

秋山さんが悪戯っぽく笑ってから言った。

そういえば会ったその日に、実際誤ってビンタされた事もあったなと思い出す。

「いや、そこで終わった訳じゃないですよ！　それでも必要だと思っているって言いました。それに今でも勿論、そう思っています。花みたいな、その……、人間から離れた、日常から遠い存在だからこそ、僕達は癒されたり、元気づけられたりする事があると思うんです。花のように、一見、生きる上で関係のないように思えるものだからこそ、救われる事があるような気が……」

そこから先の続きの言葉が出て来なくて止まってしまうと、秋山さんが助け舟を出すようにフォローを入れてくれた。

「浦田さんの言っている事は、なんとなく分かりますよ」

「そうですか、それなら良かったですけど……」

そう言ってもらっても、どこか不完全燃焼だ。うまく言葉に具現化できない自分に歯がゆさも感じる。

「例えば、泣いている女の子が公園に居るとするじゃないですか」と秋山さんが、そこで突然、例え話を始めた。

「その女の子に直接慰めの声をかけてあげたり、おかしな顔をして笑わせようとしても、その子は泣き止んでくれなかったとしますよね」

「はい」

「そんな時に近くで健気に咲いていた小さな花を摘んで差し出してあげると、その女の子はピタッとさっきまでの泣き顔が嘘みたいに泣きやむ訳ですよ」

「そんなにうまくいきますかね」

思わずクスッと笑みがこぼれてしまう。秋山さんもニコッと明るい表情をしてから言葉を続けた。

「その小さな女の子は花を見つめて、ああ、この花みたいに私も頑張って咲こう、とか、花のような笑顔でいなきゃ駄目だ、とか思ったりする訳ですよ。それとどこか似たような事だと思うんです」

少し無理やりな気もするが、でも分かる気もする。

そう言って秋山さんは、完成したカスミソウのブーケを胸の前でクルリと回してから、最後に言葉を付け加えた。

「小さな花が、小さな私達の世界を救ってくれるんですよ」

秋山さんがブーケに息をふっと吹きかけると、目の前の花が小さく揺れた。

命がそこに吹き込まれた合図のようにも感じる。秋山さんの手によって作られたブーケは、それぞれの花が集合して、新たな一つの花を形成しているようだった。

　僕はそれを受け取って、外側のラッピングをつける作業に取り掛かった。真っ白なカスミソウだからこそ、リボンなどには明るい色を持ってくると一層栄えるのだと教えてもらった。ライムブルーのリボンを引っ張って必要な分だけを切り取る。海の見えるこの辺りの雰囲気に相応しく、爽やかな色合いだ。

　秋山さんは、次のブーケのアレンジに取り掛かり始める。僕も目の前の作業に集中した。花の茎を切るパチッパチッという小気味良い音が響く。

　フルールの中は安穏とした、目を瞑ればすぐにまどろんでしまいそうな空気に包まれていた。僕にとっても、花に囲まれているこの場所は、何よりも居心地の良いものになっていた。

　それに隣を向けば、秋山さんが居る。

　そんな僕の視線には気づかないまま、秋山さんは夢中で花に向き合っていた。また考え込んで推理している時のように、唇がすぼまっている。なんとも分かりやすい、集中している時の癖だった。きっと美しいアレンジをする為に、時折見せる明晰な頭脳をフル回転させているのだろう。

　僕は、その考えこんでいる横顔を隣で見つめているだけでも、心の中が、温かい何かで満たされていくような気がする。

　――僕のこの秋山さんへの想いは、恋と呼んでもいいものなのだろうか。

でも、たとえその想いが混じりけのない純粋なものだとしても、今はその気持ちを伝える事なんてできない。秋山さんの過去の話を聞いて、当分の間はその気持ちを心にしまっておく事に決めたのだ。

「……秋山さん」

「なんですか、浦田さん？」

また少しだけ首を傾げて、秋山さんが振り向く。

「ちょっとここで待っていてください」

「えっ、はい」

戸惑う秋山さんをよそに、カウンターの中を出て、店の奥へと向かった。

僕は今日、秋山さんに渡す為に、ある花を持って来ていた。

今の僕の気持ちを、その花に託そうと思う。

きっと人類で一番最初に女性に花をプレゼントした男は、何か心に秘めたものを託す為に、花を使ったんじゃないだろうか。たぶん直接言葉にする事ができなかった人なのだろう。なぜそう思ったかというと、僕が今、全く同じ気持ちだったただからだ。

僕は店の奥に袋を被せて、隠すように置いていた花の鉢を持ち上げた。そしてその袋を外して、秋山さんのいるカウンターの所へと再び姿を見せる。

秋山さんは僕の姿を見つけるなり、目をまん丸く見開いた。

「浦田さん……」

その大きな瞳の次には、今度はぽかんと口が開いた。呆気にとられた表情だ。

「なんの花か分かりますか？」

秋山さんが、鉢の花に再び目を向ける。それから二、三度瞬きをしてから答えた。

「……ヤマルリソウですね」

「さすがです」

勿忘草にも似た花弁をつける、淡い青紫色の小さな花だ。改めてこの花を見て、瑠璃色はこんな色だったのかと思い知る。

そしてその花を、秋山さんの目の前に差し出した。

「どうぞ」

告白の代わりにヤマルリソウを贈ろうと思ったのは、つい最近の事だ。ヤマルリという、秋山瑠璃の名前に含まれた花を偶然図鑑で見つけた時は僕も驚いた。

名前に花が含まれていたのは僕だけではなく、秋山さんも一緒だった。

だからこそ、この花をプレゼントしたいと思ったのだ。

「……ありがとうございます、浦田さん」

秋山さんが、にっこりと笑ってからその花を受け取る。

その柔らかな笑顔を見ると、僕もどこか救われたような心地がする。

——思えば、何よりも花がなければ、秋山さんと僕は出会ってすらいなかったのではないだろうか。

花の必要性を、改めてこんな事で認識する自分が情けないが、でも今はそれでも仕方がないと思う。目の前の秋山さんの嬉しそうな表情が、僕にそう思わせてしまったのだから。

「……秋山さん、是非ヤマルリソウについて教えてもらってもいいですか？」

秋山さんが、コクリと頷く。

そしていつものように、ゆっくりと言葉を紡ぎ始めた。

「ヤマルリソウは、日本の固有種の花で、別名はヤガラや、ヤマウグイスと呼ばれています。タンポポのように広がるロゼッタ状の茎葉をしていますね。花弁の色に関しては、淡い青紫色のものや、ほの白いものもあります。名前の通り、瑠璃色の花ですね。そして花言葉は……」と、言いかけた所で、秋山さんがチラリとこちらを見た。

僕もそこに続く言葉を知っていたから、笑顔で頷く。

秋山さんも、それが分かったみたいで、嬉しそうに微笑んだ。

ヤマルリソウの花言葉は、「私は考える」。

秋山さんに、とてもよく似合うと思った。

本作は書き下ろしです。

本作品はフィクションです。実際の人物や団体、地域とは一切関係ありません。

TO文庫

海の見える花屋フルールの事件記
～秋山瑠璃は恋をしない～

2015年12月1日　第1刷発行

著　者　清水晴木
発行者　東浦一人
発行所　TOブックス
〒150-0045 東京都渋谷区神泉町18-8
松濤ハイツ2F
電話03-6452-5678（編集）
0120-933-772（営業フリーダイヤル）
FAX03-6452-5680
ホームページ　http://www.tobooks.jp
メール　info@tobooks.jp

フォーマットデザイン　金澤浩二
本文データ製作　TOブックスデザイン室
印刷・製本　中央精版印刷株式会社

Printed in Japan　ISBN978-4-86472-441-8